吕贵品诗文集

吕贵品 著

闭口藏舌

吕贵品诗文集

5

海天出版社（中国·深圳）

图书在版编目（CIP）数据

闭口藏舌 / 吕贵品著.—深圳：海天出版社，
2016.4
 （吕贵品诗文集）
 ISBN 978-7-5507-1600-1

Ⅰ. ①闭… Ⅱ. ①吕… Ⅲ. ①诗集－中国－当代
Ⅳ. ①I227

中国版本图书馆CIP数据核字 (2016) 第066468号

闭口藏舌
Bikou Cangshe

出 品 人：聂雄前
责任编辑：涂　俏
责任技编：蔡梅琴
责任校对：方　琅
装帧设计：李松璋书籍设计工作室

出版发行：海天出版社
地　　址：深圳市彩田南路海天综合大厦(518033)
网　　址：www.htph.com.cn
订购电话：0755-83460293(批发) 83460397(邮购)
印　　刷：深圳市新联美术印刷有限公司
开　　本：787mm×1092mm 1/16
印　　张：16.75
字　　数：200千
版　　次：2016年4月第1版
印　　次：2016年4月第1次
定　　价：28.00元

目 录

我要做一只小船

我要做一只小船
能把天下的水都装进去
让盘旋的风暴变成温柔的鸟巢
江河湖海风平浪静

我要做一只小船
能把天下的网都装进去
让贪婪的目光在睫毛上挂满泪滴
苍茫众生风平浪静

我要做一只小船
能把天下的鱼儿都装进去
让鱼群像大雁一样自由地飞翔
碧峦云天风平浪静

我要做一只小船
能把天下都装进去
让这只小船没有航向没有舵轮
小船左舷是色右舷是空
普天之下风平浪静

2015年2月3日

静待花开

空守一个空空的花盆
我静待花开
那朵淡淡的野菊离我还有一千里

母亲植入半盆泥土
我静待花开
那朵淡淡的野菊离我还有五百里

父亲在土里埋下一粒种子
我静待花开
那朵淡淡的野菊离我还有一百里

花盆里长出了一棵小芽
我静待花开
那朵淡淡的野菊离我还有十几里

近了……那朵野菊离我越来越近
静待的花开了
我的心脏是那只花盆
那朵淡淡的野菊是我的一声叹息

2014年5月24日

一条小鱼

一个老渔夫吃饭时突然想要一条鱼
于是儿子起锚　女儿整理好渔网
老婆接上电源打开电扇　孙子抖开风帆
小船驶向大海

大海是一杯绿茶　小船是杯中的一片茶叶
明前绿茶烹鱼
让大海也垂涎欲滴

小船在海上边航行边撒网
渔网比海还大
网眼在海水里看见鱼乐悠悠
鱼群在海里　海在网里

鱼呼吸的是水所以鱼都晕船
当几千条鱼进入船舱之后全部窒息
那一条鱼　整个大海也没有找到

船载着死鱼在行驶
月光照耀着鱼的尸体散发出鸟毛的气味
小船只好返航
许多鱼群尾随小船来到港湾

海面上波光粼粼

一个小女孩站在岸上迎接爷爷的小船
手里拎着一条鱼滴着月光
这正是老渔夫吃饭时想的那一条鱼

2012年5月9日

丢手绢

大家手拉着手围成一圈
唱着歌用拉屎的姿势　蹲下
云在头顶上飘　太阳在云上高照

手掌拍出歌声扇动着翅膀到处乱飞
一个孩子蹦蹦跳跳
偷偷把手绢丢在一个孩子的背后
接着唱：大家不要告诉他

那个孩子不知背后有手绢
当即被捉
然后他又如此去捉别人
命运就是这样反反复复尔虞我诈

长大成人后恍然悟出
孩提时的游戏从来就没有玩完
那个手绢丢出去又拿回来
大家齐唱：快点快点捉住他……

2014年7月23日

灰　鸟

风在我的对面打盹儿
一只灰鸟儿抖动翅膀拍打着湖岸

许久，灰鸟儿没有飞走
天空在湖水深处呼唤鸟儿
云朵奔波　从山这边跑到山那边
累了！沉入湖底
下了一场绵绵细雨

那只灰鸟儿仍然躲在湖的对岸
鸟鸣在树上开满小花
山的倒影在湖中要锯断水面

终于，雨过天晴
湖对岸的灰鸟儿还是没有飞走
我心有挂碍

我乘一叶小舟驶向那只灰鸟儿
湖水波光粼粼
水中一湾苍白的腰肢挂满了鳞片

我来到对岸找到了那只灰鸟儿
那是一团破碎的雨衣
在一块石头下面
在昏昏欲睡的风里瑟瑟发抖

2015年12月11日于牛湖

商　店

每一个人都开了一个商店
这是人类社会奇妙的习惯动作
说是为了生存

一张脸是店铺的招牌
服饰是门面　骨骼支撑起货架
脑袋储存一纸商品的清单

出卖自己也常常出卖别人
把自己穿过的衣服挂上衣架再卖

香水虚伪地覆盖了人的气味
肾脏肝脏卖出几块石头
血液卖成了豆浆
切成米糕的思想爬上了一群蟑螂

所以
天黑时刻有人高喊一声：贱卖了！
原来是他的灵魂

2014年7月28日

夜深人镜

深夜　镜子太静了　静得令人不安
深夜　镜子太深了　深得毛骨悚然

灯光从某个角落斜斜刺过
昏暗远比黑暗阴险
镜子里面的一切随时都会跳起来
镜子也会一下子爆裂

我在夜里的镜子前看自己
越看越怕　越看越怕
怕从镜子里或背后飘出一个人

我在镜子中的夜里找自己
越来越怕　越来越怕
怕我没抓住滑进去被镜子淹死

夜深人镜。太可怕了！
恐惧，突然从一个角落里审出
我一声尖叫
在镜子里我看到了一个人昏冥的脸
那个人也在尖叫

2014年6月22日

烛光为谁而亮

酒吧里的一盏蜡烛不知为谁亮着
烛光没有摇出人影却摇起一片烟雾

烟雾漫不经心地游荡
为了一个美丽的女人寻找风
欲乘风出门
飘向夜空那盏圆圆的月亮

女人们半裸着微笑着说着唱着闹着
在一盏盏蜡烛之间窜来窜去
烛光摇曳不停

酒吧的孤独出现在人多的时候
那盏不知为谁亮着的蜡烛独自流泪
希望有人坐下来就不要走了
然后再借自己的烛火点燃一支香烟

萨克斯管在角落里一直长叹
人们都回家了
烟缸里的几截烟头有话还没说完

咖啡煮得更黑更苦
残留的咖啡渣堆积起来插着一朵玫瑰

那一大片不仅仅是黑夜的黑

正在埋葬那盏蜡烛

至死那盏蜡烛也不知为谁而亮

2012年5月22日

梦与池

庄子偶尔做梦
不知是庄子梦蝶还是蝶梦庄子
我偶尔清醒
不知是我看鱼儿还是鱼儿看我

一池清水我与鱼儿对望
我不看鱼儿时仍然觉得鱼儿在看我
这时我突然发现了我

我守在池边让鱼儿尽情地看我
水中我的倒影是一条鱼儿
我在池边清晰地看着我

庄子的梦就是身边的池
蝴蝶的翅膀撩出水声
当我想起庄子也就是我在想我
这是人类的一个真实世界

2014年6月11日

罪

一块石头划出一道漂亮的弧线
然后凶猛地击中一颗头颅
满面血红

人们迅速找到了那块石头
鲜血的热气还在石头上面奔腾

这块石头就是罪人
十恶不赦的罪人在光天化日之下
行凶
一群苍蝇在一摊鲜血上面变得疯狂

这时有人提示：石头无罪
凶手是一只手！他在玩弄石头
这时案发现场的人群
都低头悄悄地看看自己的双手

沾满鲜血的石头形如心脏
这块石头也曾经铺路建桥十分善良

2014年5月29日

一个不愿笑的人

他板着脸　面无血色凄凉惨白
可以看出来他内心已经十分荒芜
绽放不出笑容

他说：人要真实地活着
面对这样一个世界为什么要笑呢？
不值得！

这是一个冷漠的世界
人人都在提醒自己
温度不要过高
一高了就会发烧
烧起燎原之火可以毁掉花果丰美的家园

街道上飞蹿的笑声如蚊虫吸他的血
他看到那些笑咧的嘴准备吃人

笑正在肆虐
他怕自己也那样笑起来笑弯了骨头
因为人的心上生长着根须
随时会绽放一朵花

不要笑
那会让别人知道心中的欲念

笑是生命中的隐秘不可泄露
不要笑
有一次稍不留神在一片嘻嘻哈哈中
他笑了
脸上皮开肉绽鲜血直流
流到他的嘴里染红了他的牙齿

2012年6月18日

用微笑来蔑视这个世界

荒唐　苟且　无知　道貌岸然甚至高傲
我用蔑视的目光横扫这一切

同时灰尘也被扫起来
乌烟瘴气纷纷扬扬身边很不安宁
我手执一朵鲜花放在鼻端呼吸

花的笑声悦耳。这一刻
我学会了用微笑来蔑视这个世界
此生令人窒息
只有微笑这缕清风才让我透过气来

荒唐　苟且　无知　道貌岸然甚至高傲
面对这一切我只有微微一笑
微微一笑　身边十分平静

我平静度过每一天
清晨我微微一笑　黄昏我微微一笑
中间那段我躲进纯净的天空
高高地照耀大地

2014年5月30日

空茶壶

天黑的时候我盖上壶盖
一棵茶树落叶纷纷在壶里沐浴
绿色的叶子
竟然流出红色的茶汤

我同几位茶友正品红茶
一口细细入喉 有了身披大红袍的感觉

不用在茶杯里寻找蛇影
只因雕弓没在墙上
我们可以敞开胸怀让山水尽情地流淌

朋友们在一壶茶里泡成了水仙
淡淡的幽香开放着谦谦言谈

不久茶壶里空空荡荡
夜风从壶嘴经过吹响了一支竹笛
笛声是一滴滴夜露
笛声又是一颗颗星星

盖上盖的茶壶是悠扬的夜空
空空的壶里留下了一瓣茶叶
茶叶开始慢慢地爬行
一只蟑螂从壶嘴悄悄探出头来
我看到夜空一弯明月初升

2012年8月31日

脚步声声

脚步声渐近渐远
近了不见门被推开　远了仍然丝丝相连
脚步声里的身影时隐时现

春回大地　天空飘挂几朵雪花
雪花在大地上悄然迈着梦的步伐

全世界都在大地上行走
墙是壁虎的大地
天空是鸟儿的大地
江河湖海是鱼儿的大地
什么又是人类的大地

踩在脚下的不是人类的大地
人不用行走也会留下一串足迹

脚步声渐远渐近
一个女人是青山又是绿水
站立在树下就可以惹来匆匆春色
脚步声声里花落果熟

昨夜，在一左一右楹联的脚步里
人们发现灵魂是人类的大地
所以修补篱笆
围起那一群脚步声声

2015年2月19日年初一

拖　布

仅仅60平方米的地板
反反复复
拖布擦拭了几乎一个中国

木板上大树年轮的旋涡
一次又一次卷走了拖布上一丝又一丝棉絮
拖布发着牢骚
纯净水被交衰成污垢

泥土跟随着鞋这种老鼠溜进来
灰尘的蝇蚊无孔不入
人呼吸着喷出尘埃
垃圾在整个房间里飞扬
拖布忙忙碌碌
没完没了地擦这个无穷无尽的小地方

可怜的拖布啊
在繁重粗糙之中喘息
破衣烂衫披头散发接着又秃顶
在与地板的摩擦中结下了恩怨无法了却

巨大而无形而透明而猖狂的一只兽
腾起来四处弥漫又覆盖下来
反反复复

让拖布恐惧

拖布永远永远永远都战胜不了灰尘
因为有了灰尘才有拖布

2012年5月8日

钓　鱼

垂钓翁常常坐在一个小鱼塘边
执一根钓鱼竿给鱼上课

告诫小鱼水里潜伏着许多阴谋
人类习惯在食物上暗藏杀机
诱饵中的刺弯弯有钩

有一条纯白色的小鱼被他钓过两次
嘴上伤痕累累
垂钓翁把小鱼放回水里一再提醒
不要贪吃尤其是不要吃鲜肥的蚯蚓

鱼漂上下蹿动
那条小白鱼又一次上钩
鱼尾在空中摆动的一刹那
垂钓翁顿悟：小鱼也在给自己上课
欲望是那枚空空的鱼钩

小鱼偶尔动动鱼漂然后再咬咬鱼钩
垂钓翁就不会离开
小鱼正在耐心地钓垂钓翁

2012年5月31日

我是一张擦屁股纸

我不想做那件事
可那只手把我扯过去
左右擦上下擦叠起来擦反反复复擦

那个屁眼真是有眼无珠
看不到我是大树
看不到我的绿荫覆盖大地
我呼出的氧气滋润着蝴蝶一样的肺叶

那只手的权力太大了
不由分说把我撕开
玷污我的洁白之后又把我彻底丢弃

干了一件臭事
一件很臭很臭的臭事
一件屁股下面搞点小动作的臭事
一件那只手也经常会沾上一点的臭事
一件在阴沟里蟑奔鼠窜的臭事

世界已经臭不可闻了
我渴望烈火把我烧起来
在火焰的狂欢中让这个臭世界化为灰烬

2012年6月19日

杀　人

他双眼发红挥舞着一把尖刀
疯狂地刺向眼前的一切
残片散落令他兴奋不已手舞足蹈

昨夜一弯月牙之刃在夜空挥舞
今晨东方之巅一摊血红

今晨那摊血红挥舞着旗帜
激励他举刀割断与这个世界的联系
白花花的肉体令他心惊胆战
温柔藏于一弯月中

他举刀刺向一具肉体
软绵绵地向深处扎进去！深些
再深一些！新生命的太阳就要升起

他从肉体上拔出那弯尖刀
自己奄奄一息身上的鲜血流淌一地

2014年5月31日

蟑螂在梦与现实中

鼾声搅动床头一杯咖啡
一个又苦又甜的梦在杯中打漩

冲好一杯咖啡我就困了
在梦里　我乘杯中雾气来到云的旁边
想摘一颗星星种出一轮太阳

谁都知道：咖啡的苦原本自有
而甜却是硬生生地加了糖

咖啡在杯中打着漩涡
一块方糖正在融化
一个影子正守着那杯咖啡微笑

这时梦里一只小蟑螂在杯口爬行
"叭"的一声
杯子被打翻　我被惊醒

我醒来发现梦里的小蟑螂
正在床头那杯咖啡的漩涡里挣扎

2014年5月6日

屁　花

我这一生常常生气
有许多的话不能说也不敢说
说出来便是犯罪
放在肚子里又把一泡屎闷得很臭

正确的意见只有通过屁来表达
屁是我鲜明的人生态度

可有一群人总是捂起鼻子不愿意听
耳朵还是灌进了屁的气味
那群人惊恐万状

为了让那群人接受道理
通过一种优雅的方式把我的气传给女人
美丽的女人啊!
放了一个屁
一朵盛大的牡丹花蓬勃怒放

2014年5月28日

隔墙有耳

我没进到隔壁那个房间
却听到那个房间有人窃窃私语

我把耳朵扣到墙壁上
听到咚咚心跳
我抚摸墙壁发现这是一张兽皮

关闭了门窗关掉了空调
让躁动的房间静下来再静下来
处心积虑倾听隔壁的谈话
也许那里有一场阴谋

墙，这个强大的武器把人隔绝
人类为了知道墙那边的事情
发明了一个叫门的洞口

后来我通过这个洞口走进隔壁
那个房间竟然四壁萧然空无一人

2014年7月25日

杯 泣

高杯鹤立　众碗碟
似鸡群落脚餐台
饮者长袖舒展
漫卷浮云　遗留点千年残羹剩饭

李花飘雪
花消融之时
散发出清逸气息　融合了李白的浊屁
杜鹃啼血
鹃飞去之后
留下来哀啼血迹　沾满了杜甫的长襟

古贤何谓古闲　闲中做梦　梦到今天
今天的墨客　已无墨可洒
洒几滴清泪又难留诗痕
诗歌住进了病房
娇滴滴微嗽　有病无吟

高杯鹤立　今日月光
正把古贤的瘦影映照杯中
李杜醉饮茅台　抽抽搐搐
哭这酒味勾兑变淡　却价值连城
哭太阳底下的月光　还似银如霜

高杯鹤立

李杜杯中一梦

千年以来没有断过哭声

2012年3月25日

无　聊

无聊就是储存了一房子的黑暗
一张蜘蛛网遍布墙角

蚊子和苍蝇被粘在网上
两位先生的对话被粘在网上
絮絮叨叨　最后无话可说
于是，无聊。

于是，开始写诗
诗在无聊中微微一笑

杜甫多病不断呻吟
李白游山玩水也在呻吟
呻吟在房子的黑暗里抖动鬃毛

蜘蛛网的丝弦粘满哀伤之尘
弹一曲笑傲江湖
黑暗从房间里飞出来
整个天空变成了一只鸟

2015年8月22日

鱼 毒

一位渔夫在海里钓到一条河豚
一番犹豫之后随手丢在了沙滩上

河豚鼓大肚子在干裂的空气中喘息
一个聋哑人把鱼儿捡回家
煮了一锅鲜美的鱼汤
香气飘散　全村的人流下了口水

鱼毒治好了聋哑人的残疾
听得见每一朵浪花发出的声音
说出了琼粤两个地域的方言

这个消息传遍了琼州海峡
水里的鱼儿像鸟儿一样欢呼雀跃

渔夫心中百感交集
想起了海上捕鱼的情景：
一网鱼拖上船后那条河豚先跳入船舱
舱里传出咯咯的笑声
回到岸上渔夫丢掉河豚的时候
风，在他衣角吹个不停

这一天傍晚
渔夫在聋哑人家门前的余晖里徘徊

篱笆墙上的喇叭花吹响了
门吱扭一声被人推开

2014年9月6日

鸩

一只鸟影在大地上飞翔
人群追逐坚决要捕住那只鸟

初期以为影子就是鸟躯
所以拿起武器准备向大地开枪
初期以为东风吹动影子
所以跑向西张牙舞爪准备提前拦截

人们气喘吁吁发现不然
鸟躯飞在天空　鸟影不为风动
捕风捉影对于这个家国无济于事

后来鸟影掠过的地方人纷纷死去
后来活人们追究那是一只什么鸟

再后来一根手指平静指指天空：
太阳下面人心就是那只鸟
那只鸟叫鸩。已经抖落漫天羽毛
天下人啊！不要轻易举起你的酒杯

2014年8月14日

门　缝

不知是哪一只手把门推开
不是全部　只是一个小小的门缝

风旋着雪花进来　旋着灰尘进来
紧随着风还有几片纸屑
还有古筝伴奏着凄美委婉的花旦声
一道光也乘缝而入

屋里人蠢蠢欲动
要从一个小房间拥进一个大房间
大房间里装着山河　装着日月

可是没有谁能把门开大些
谁也出不去
只有风呼呼啦啦大大咧咧在飞旋
一只小老鼠进出自如

有一个美丽的女人把自己的胸罩撕成碎片
从门缝飘出去
一出门飞舞起来变成蝴蝶
迷人的香气飘出门外

屋里人正在翘首搐鼻
突然　美丽的女人嫣然转身

古曲缠绕的兰花指笑指门缝：
只要门没有关上人类还有希望

2012年4月29日

刀　口

二十七年前黑夜的一颗牙将我咬伤
一柄匕首刺入我的胸腔

肋骨，我生命的围栏被折断
热血汪洋将我淹没
我屏住呼吸在死亡中潜泳

醒来我这张皮被缝合完整
刀口的嘴角还噙着几滴鲜血

从此我身上的刀口常常同我聊天
阴云密布的时候
当我想起凶手英俊的面孔
刀口就发痒就疼痛
甚至还发出阵阵呻吟

有一年夜里
我身上的刀口突然大声喊叫起来
疼痒难忍发出奇怪的声音
后来证实就在这一刻
刺我的那个人为扑灭一场大火
死了

2014年11月4日

控 制

每天，当我拿起遥控器
窗帘飞卷　云朵就从窗前悠悠飘过
门外的老榕树就落下几片黄叶

落地空调长成一棵小树生长雪花
悬壁电视搭起藤架挂满缤纷世界

我恍惚记起少年那天
那天我戴上红袖标就做了一件坏事
胳膊上的红袖标悍然控制了我
让我撒野

去年夏天我汗流浃背
我难以自制地寻找遥控器寻找温度
那一刻我发现遥控器控制了我

每天，当我拿起遥控器
有一盏灯就会点亮偶尔还落下几滴雨
我就会心花怒放或者含悲茹痛

2013年11月4日

老花镜

眼睛花了靠两只镜片寻找世界
蝇头小字振动翅膀飞来飞去

我又一次重复阅读四书五经
书中的文字正在嗡嗡细语
我听出了春夏秋冬

黄昏有人来
我急急忙忙起身去开门
书桌拦路　沙发挡道
老花镜里面的世界一片眩晕

一阵阵敲门声吹来风风雨雨
我在猜测这书中何人跑出了门外

我看不清前途摸索而行
在这条几步之遥的开门的路上
我忘记了摘下老花镜

2014年8月4日

花　盆

我在开放热烈地开放
边走边把我的思我的言我的香
在断云残雨中播放

我的躯干长得枝繁叶茂
四肢迎风招展学一棵老桦树的模样
踏尘踏露踏月弹弦弹灰弹虫
还常常剥片桦树皮写点文章

几声鸟鸣落于我的枝头
那些春吟夏咏秋叹冬唱
全在树上生长得悠悠扬扬

悠扬之中我扶摇直上
从天空中遥望
长江是一棵奔腾的大树枝丫纵横
小桥是花朵飘荡芳香
而两人泪别往往是在桥上断肠

我的身躯是一枝独秀的花
我的头颅是一只花盆
养育我这枝花由绿泛黄
盆中的花泥是我的情感
花泥里的小虫是我的思想

2012年3月27日

脚步声

在空荡荡的门口空荡荡的走廊
一个脚步声
走来走去走来走去走来走去走来

我躲进窥视镜里向外看
到处空荡荡
世界也只剩下这个空荡荡
空荡荡里有一个脚步声

我的耳朵紧贴着门听
门这张巨大的耳膜不停地振动

脚步声穿着皮鞋
脚步声晃动着穿西装穿裙子穿胸罩裸着身的身影
身影透明

脚步声渐渐嘈杂起来
母牛哞哞地呼唤
缝鞋的锥子发出尖叫
脚丫子缝里的真菌在低泣

一阵急促的脚步声追着去踩一只蟑螂
哀鸣从走廊这一侧传到那一侧
几只蚂蚁被踩得粉碎

整整24小时
那个脚步声很坚定没有离开
走来走去走来走去走来走去
在践踏

一直走来走去走来走去走来没有走去
突然停在我的门口
响起敲门声……

2012年5月7日

心会把脸撞碎

我天天忙忙碌碌是为了这张脸
脸是一份说明书
是一张海报是一个包装盒
让别人来看

所以要让这张脸光彩照人
给别人做镜子
让别人从我这张脸上照见他自己的笑容

我就要让这张脸没有汗滴也没有泪滴
让这张脸停在笑与不笑之间
远在千里之外的人只要提到我的名字
都会看到我这张脸上鲜花开放

有一天我的脸长满皱纹也没刮胡子
朋友说那块好地荒了
那面镜子也花了

我明白　自己的脸不要照自己
尤其是心的苦难会撞碎镜子
然后泪流满面……

2012年4月21日

水龙头

打开水龙头
人们不知道水从哪里流来
从湖里江里从山里海里还是从天上

清洗杀过鸡的手　血水在盆里左右打旋
清洗摘过菜的手　污泥在盆里上下沉浮

水又从水漏流走
人们不知道水又要流向何方
流入江河湖海流进一个藕丝绵延的莲塘

一炉火苗开放一朵睡莲
厨房的葱花爆香搅动起月色
拧开水龙头后心情澎湃
再打开水漏秋风徐徐吹来

突然，水流停止
指甲缝隙还有血迹污泥没有洗净
从一个昏暗的角落伸出一只手
关掉了水管的阀门

2014年8月17日

笑与哭（病房记）

在火葬场里我告诫自己
不准笑！这里只需要哭
当泪流满面时我却听到笑声朗朗

在婚宴上我告诫自己
不准哭！这里只需要笑
当笑脸洋溢时不知从哪里传来哭声

在病房里我告诫自己
不要笑！也不要哭！
这里的哭和笑过几天才有定局

后来我发现无论在哪里
笑是一只老鼠
躲在人心那个阴暗的角落
哭是一只蟑螂
躲在眼窝那个明亮的地方
无论在哪里哭和笑都在蠢蠢欲动

2014年7月19日

闭口藏舌

太阳出来了　一座城市别有洞天
别有洞天的入口到处是门

悦耳的水声锁在里面
还有暗香　还有百病的解药
还有一部辽阔悠长的四库全书

把锁打开　步步莲花
万里江山无非一池小小莲塘

月亮出来了　黑夜是另一个半壁江山
里面藏着万家灯火
推门进去　笑语盈盈
那人就在门后灯火阑珊处

月下敲门时一群影子闭口藏舌
一把钥匙在口　它通情达理
它还可以叱咤风云
它是一把朗朗清澈的钥匙

2013年12月11日

一撮红毛

他是坚定的人 行走无风
太阳底下他的身影不会移动
有一天他接到密令
让他寻找头顶有一撮红毛的人
然后结束那个人的生命

据说那撮红毛有毒常常发出鸟鸣
一只红鸫栖息在一窝黑发巢中

他找遍千家万户
坚定地沿着蛛丝马迹行走
哪怕某人头上只有一根红发
他也能听到微微丝弦之声

长红毛的人被他一个一个杀掉
血液在他体内卷起旋风
风吹过的地方充满了血腥

他生命的最后一天
黄昏格外耀眼
在一面深不可测的镜子里
他看到一撮红毛长在自己头顶
他愕然！只好一头撞过去
整个头颅被鲜血染红

2015年1月26日

小狰狞

小狰狞立起鬃毛
小狰狞向这个世界狂叫

小狰狞是人类一个不听话的小宠物
一个看家守院的小宠物
躲在人心那一团旋风里搔首弄姿
不肯离去

人类用自私的肉饼喂养它
贪婪把它养得肥胖
人在不高兴的时候就会把它放出来
让它去撞击那些脆弱的心房

小狰狞只能闯祸
小狰狞只能带来灾难
人类用漫长的时间驯化它
让它在佛学里哲学里温顺起来
在古典文学里变得儒雅

有一天小狰狞跑进陶渊明的菜园子
一头张牙舞爪的黄菊花放射金光
大地一片温暖
小狰狞顿时黯然失色转身而逃

2013年7月4日

老熟人

在陌生的街上遇到一个熟人
街上新栽两行小树
路面落下熟透的果子

那熟人是墨　曾与我同窗
李白的月光照耀过我们的屁股

大学毕业那年
一片树叶遮住了墨的眼睛
墨跑到大树下流泪
哭诉：大树丢了

后来我和墨在同一条小船上钓月
墨向我借钱
向我撒娇
一丝月光让墨忘记故乡

此刻　墨悠悠地喝完我
叫来的一杯蓝山咖啡
放下空杯望着我
突然　庄严地问我你是谁？

话音一落
惊得窗帘上的花朵舞动起翅膀
消融在痴痴的阳光里

2015年8月24日

领　带

墨黯然流泪　一位老人死了
死在墨的一条领带上

那日老人中风跌倒街头
手里攥着自己儿子的一张名片
墨发现了商机

墨把老人背回家让出自己的床
墨枕着一双尖头皮鞋睡觉
这样能跨过太平洋
到美国寻找名片上的商人

太平洋那端或许太远或许太冷
寥寥数言　电话挂断
晚上老人问墨：儿子找到了？
墨只能默默无语

相处一月
墨已经闻到了老人灵魂的芳香
墨喜欢上了老人
渴望某一天系上领带
牵扶着老人飞过去

可是

天堂为何在头顶之上唱歌
老人把脖子套进墨悬挂的领带
向天堂奔去

2015年8月24日

有人来

夜阑人静　有人来
轻轻敲门　震得月光荡漾
一波一波的细浪
从天边漫过大街小巷　流进我的书房

在清凉的月光里　我抖落烟灰
寂寞的烟头　发出了微弱的光

来人应该看到了烟头　也踏入了门槛
不然满屋女人的气味　怎么会笑声朗朗
有茶不愁无客
客会千里寻香

我欲同客共饮一壶清茗　一瓢月光

四顾觅她　却只见
我的孤影　伴随一只蝴蝶彷徨
我还发现　敲门声破茧而出
羽化成蝶　鼓翅飞翔

我看到蝶有虎皮斑纹　我怕蝶能吃人
我正在自怜　蓦然回首
那蝶落在墙上
墙上有一相框
框中有一女子咯咯嬉笑　女子名叫唐唐

2012年3月26日

中秋歌谣

老人中秋垂钓小河边
水弯弯　钩弯弯
天上的月亮圆
水里的月亮扁
远方灯影桨声划小船

突然，青蛙入水明月碎
碎成星点点
老人又见灯一盏
慈母手中线
灯下一首歌谣缝补几千年

四海三湖有八仙
九狼五虎藏一山
二女七兄居六处
每逢十五大团圆

心中有月亮
方知月圆在今天
九个数字排出八个十五来
才算品出月饼甜

2015年9月27日中秋节

永乐通宝

一个渔夫在太平岛上捡到几枚铜钱
当时潮水刚刚退下
当时夕阳正残
海风里响起金属碰撞的声音

渔夫仔细用手茧把铜钱擦出光芒
嘿嘿笑了！因为铜钱上的四个大字：
永乐通宝

月光在铜钱的边缘上漫步
太平岛上传出笑声
焰火升上天空　礼花在心中爆响
古人的钱让今人购物
阴阳两界从没有停止过交易

回到大陆逛熙熙攘攘的集市
渔夫用明朝的钱换了一张渔网

网眼同钱眼一样看到了太多的苦难
看到捕获的每一条鱼　鳞片脱落
吐出血红的气泡飘向天空

渔夫还有一枚残币想换几把鱼钩
无人成交

渔夫把这枚残缺的永乐通宝揣进怀里

泪水难以自禁……

2014年9月9日

父　亲

父亲节我想起一个停电的夜晚
那天国家电厂的大烟囱发生故障
城里被一片黑暗淹没

黑暗里听到了父亲的沉默
还听到父亲点燃了一支香烟
一个光点在小屋里移动
我和兄弟们把它当成夜空的星星

整个夜晚父亲什么也没为我们做
他只是点燃香烟延续一个光点
光点微微告诉我那是父亲

我和兄弟们被这黑暗呛得咳嗽
就在这时窸窣的声音划亮一根火柴
母亲点燃了一支蜡烛
小屋里渐渐清晰
烛光潺潺我听到了流泪声……

2014年6月15日父亲节

有人来回走动

一枚铜钱落地滚到我的脚下
我看到铜钱外圆内方铸字通宝

我正想捡起那枚铜钱
却听到屋里传出脚步声声
我的祖祖辈辈在方圆之间来回走动

沙发里我盖上母亲那床暖暖的被子
就不再觉得自己动荡不安
也不想去捡那枚铜钱

我懒懒地躺着听残月叩石
看地上那枚铜钱闪烁一丝古老的光芒

我听到屋里一直有人来回走动
仔细一看月光淡了
一只老鼠拖着我的鞋子跐蹰而行

2014年5月21日

向日葵

看到这几棵在罐子里挣扎的向日葵
就听到一声枪响
凡·高头颅的血在空中炸开
瞬间凝固成一颗鲜艳的太阳

一只耳朵为女人孵化出小鸟
在原野上空流着血盘旋着聆听
听，蒲公英开得那么凄苦
向日葵开得那么响亮

花瓣燃烧的火焰没有熄灭
点燃了鲜血浸泡的冷漠的灵魂
大地燃烧着一片又一片金黄

在太阳当头枪声响过之后
某个角落里传出老鼠噬啮的声音
有人称赞这葵花子很香

2014年4月23日

影子躲在身内

黑暗之处影子躲在身内
等待太阳出来月亮出来或者灯出来
影子才会出来!

影子小心翼翼地模仿我所有的动作
影子根据光源的强弱而不停地流淌

我喜欢我的影子
它让我看到:我还活着。
它是我的翅膀让我感到我在飞翔
我又厌恶我的影子
一个干净利落的人为何总有影子尾随
如同一条哑巴黑狗

狡猾的家伙　跟着我穿山越岭
不动声色地提醒我:人活得都不透明!
每一个人都有一个影子鬼鬼祟祟

2013年11月6日

诠梦·天空躺着一群鸟

　　今夜梦到一群鸟在天空似动非动，如同沙滩上躺着的人。
是好预兆。

鸟屎落下来
播几粒种子不久开一簇野花
风吹来的时候
花瓣舞动　田野飞出一群蝴蝶

人们相信冬虫夏草是一种轮回
因为春花秋蝶是亲眼看见
四季的小风轮转遍人生的角角落落

树影的枝枝杈杈
常常入梦横压在月光起伏的床上
口涎湿枕
还以为是相思的泪痕

脚步悄无声息地踩上了一片羽毛
鸟儿被成群惊飞
天空顿时飘起乌云
城市这个巨大的鸟笼空空荡荡

大地上刚刚醒来的人群
睡眼惺忪展开睫毛在天空飞翔

天空躺着一群鸟
躺着一群晒着太阳懒洋洋的鸟

2013年4月10日

锁住的拉杆箱

他拖着拉杆箱在梦里不停地行走
从一年走到另一年
从一个车站走进另一个车站

车站里的一排长椅扬起马蹄
他想骑上去在梦里驰骋
特快列车正在嘶鸣
他打着哈欠想把懒腰放在长椅上面

喧嚣的人群从车站里蜂拥而出
每一个人都拖着一只箱子
里面装着各自的心事

他的车票从来没有过期
却锁在箱子里面
他忘记了箱子上锁头的密码
拿不出那张车票　坐不上那列快车

他只好拖着拉杆箱走出车站
向远方不停地行走
不停地行走
他拖着的拉杆箱里除了一张车票
还有一双崭新的皮鞋

2015年1月23日

一幅画

有人画了一幅画叫灵魂
画面上一只小老鼠咬死了一只猫

猫虽然死了
看画的人们一直听到猫在惨叫
甚至看到猫的鲜血流出画框淌满一地
来回走动时鞋底发黏

零乱的脚印变成了一群猫
弓着身子
四处寻寻觅觅
把画展大厅搅动得冷冷清清

画布上乱糟糟的色块
传出来凄凄惨惨戚戚的声音
这时一个女人声声慢语：我们忧伤
因为我们是有灵魂的人

2014年4月22日

酸梨花

我遗失了远方却一直在眼前寻找
只找到了几朵梨花
还是从那崇山峻岭飘来
飘来梨子的味道　酸酸甜甜

我遗失了一夜的春风
却找到了千树万树的梨花
站在一棵梨树下我已经满头白发

不久白茫茫的花儿落满一地
不久绿油油的叶子长满一树
不久金灿灿的梨子摘满一筐

不久那棵梨树只剩下光秃秃的枝丫
远方就站在身旁
那离不去的梨让我口水涓流
在此刻我听到有人正在呼叫我

2014年4月20日

沙粒：淡黄透出微红

几颗沙粒十分诡异
怀着小阴谋鬼鬼祟祟从海里爬上岸边
伺机而动

一片黄沙在大海面前道貌岸然
只等风从东方吹来从西方吹来

太阳升起那一刻
大海的千军万马蠢蠢翩翩
一个女孩抬头看一眼远方突然流泪
泪水湿了她的睫毛

女孩的父亲想念海底的一艘渔船
泪水凄然而出
女孩安慰父亲不要难过
父亲说：孩子！你也不要哭了

女孩微微一笑说：我没有哭
一阵风钻进眼睛里带进来一颗沙粒
父亲听后全身一颤

他想起自己母亲眼睛流血的情景
这种沙粒能把一张脸蛀出两个空洞

诡异的沙粒　淡黄又透出微红
女孩的父亲谈起沙粒两眼遮满白翳
几朵云在他头顶飘荡

2014年9月19日

同路人

富人穷人智者愚者
我们都在同一条路上
好人坏人亲者痛者
我们都在同一条路上
伟人小人胜者败者
我们都在同一条路上
还有那些猪狗牛羊
我们也都在同一条路上

我们都在同一条路上啊
还有什么可计较
还有什么怨恨可言
所有一切不能跟我们同行的
全被我们遗弃在路边了

我们都在同一条路上啊
纷纷扬扬向前奔走
谁也没有第二条路谁也停不下来

谁走到这条路的尽头
都会有!
哭声的锣鼓和泪水的花朵欢送我们
而那些爱过我们的人
恨过我们的人

还有我们吃掉的那些小动物
都会成群结队地在路那边迎接我们
我们都在同一条路上啊!

2013年11月12日

岸　边

他是谁叫什么名字长得什么样子
我从来就不知道也无法知道

他背对着我一直背对着我
我看到他黑发蒙尘　肩头落几瓣花香
步履蹒跚　两袖清风夹杂灰尘

他领着我走从不回头
走过了千山万水之后停在一个岸边
这是一个瘦骨嶙峋的岸边
这是一个无船无桥的岸边

就在这一刻我看到他的背影十分悲凉
他肩头抽搐衣衫抖动他肯定泪流满面

我走向岸边
突然不见了他的身影
只见箫声悠扬一弯淡月浮在水中
只见大雁飞过旷野回荡乌鸦的叫声
只见水面上有个倒影

2013年6月23日于深圳

南海风语

宋代的一艘沉船从华光礁上起锚
离开礁石太久船不见了
一只透明的水母在海上奔跑

水母跑着跑着化作了一阵风
怀里揣着许多东西让人看不见

声音。幽怨。气味。思念。
那阵风离开礁石湿漉漉的巢穴后
神神秘秘神神秘秘
在南海在琼州四处游荡

风吹来，小船上一位渔夫说
好香啊！洛阳的一朵牡丹花儿笑了
风吹来，小岛上一个村姑说
太好听了！竹林下的一把古琴在吟唱

风吹来，小城里有一个孩子说
有人在窗外不断地呼叫贝儿！贝儿！
父亲很惊讶：那是我爷爷的乳名
孩子怎么会知道？

2014年9月13日

自己是谁

自己是谁？自己在哪里？
今天我又丢失了自己
因为今天我既不痛苦又不快乐
躺在床上百无聊赖遐想闲思

我点燃了一支烟
烟丝里卷进了一只小虫
烟头燃烧着越来越短
小虫在烟卷里哭天喊地
我听到了这是自己的哭声

烟雾里飘出肉香我觉得自己饿了
我点亮电灯看到了影子
那影子很瘦很瘦在地上爬行
爬着找到了一双高跟鞋
把鞋穿上站起来
我是一个女人
当我强烈地想念我爱的女人
那个女人就是我自己
我爱女人就是爱自己
我想那个女人想得自己消失了

今夜我要找回我自己
我静静躺在黑夜的暗里

用手抚摩自己体验自己
当我抬头看到了窗外的月光
一缕香烟散去
我乘月光找那个女人飘向了远方

指间那支香烟燃尽了
烟雾缭绕我在烟雾里看到了自己
自己是那缕淡淡的烟
慢慢散去不知会飘向哪里

烟丝里小虫的哭声远去了
墙角飘荡蟋蟀的低鸣
一个巨大的夜影笼罩着自己
我，飘浮在欢乐里。爬行在苦难中。

2009年12月26日写
2013年7月27日改

小狗大黄

早晨太阳刚刚升起
老渔夫告别小狗大黄出海打鱼去了
大黄站在岸上
一直望着小船远去

黄昏，大黄来到岸边摇动尾巴
迎接老渔夫回来
这样美好的日子持续了五年

有一天早晨老渔夫又出发了
黄昏大黄又站在岸上
等到月亮升起没有等到老渔夫
第二天太阳也升起了还不见船的影子

大黄每天站在风中静静地望海
大黄听到了老渔夫的声音就在风里

守望了一个月！大黄在海边觅食
活下去是为了见到老渔夫
一天，大黄在沙滩上找到一只布鞋
嗅了很久战栗着发出阵阵哀嚎

大黄知道老渔夫沉入了海底
阵阵哀嚎之后大黄含泪望望大海

然后纵身一跃!
一堆波涛把大黄埋葬了

2014年9月4日

痰在蠕动

一口黄痰从肺里爬出来喊了一声
干脆利落地跳到地上变成虫子

这只小虫在阳光下缓慢蠕动
躯体透明生长几条血丝
散发出一缕淡淡的烟草味道
一缕淡淡的酒气和肉腥

一队蚂蚁走来靠近这只无足的小虫
问它如何能够到达要去的地方

黄痰沉默不语
懒懒地晒着太阳只顾走自己的路
它沿着太阳的光线走向空中
它在蒸发的路上唱着歌

人类的嘴也一张一合模仿蛾的翅膀
它乘机而入又回到肺里
那里软绵绵地
可以在温暖的血汤里洗澡

大街小巷回荡着肺的空洞的声音
咳嗽声四溢
整个城市成了一只巨大的痰盂

2012年7月30日

谁认识我

我是一个看见风的人
我不是通过树叶旗帜衣襟灰尘云朵看见风
那种俗人只能是刘邦

我是通过风看见风
在微微鼻息中我看见了风
风同我一呼一吸吞吐生老病死

我站在生命的漩涡中
看到风是一只大鸟谁也击不中它
风还是远古陶罐的一丝隐秘
是城边墓地的窃窃私语

人们只知道动时有风
其实不然世界静时风正站在那里看着我们
看我们傻傻地找风

如同有一天我消逝是一缕风消逝
可人们只看到一缕火化的烟

我寻欢作乐时风这只大鸟栖息在我的肩上
我举杯高歌：大风起兮风飞扬……

2012年4月20日

渡　口

小船又一次重复着靠岸
很久以前的事
又发生了
发生在一个桃花纷纷凋零的夜晚
江面上流淌花瓣染红的月光

船头一条缆绳系在一棵树上
船一直不停地摇晃
你的身影被摇得月光粼粼桃花片片
你始终没有上岸

我在树下不停地挥手
桃花在我挥舞的风里不停地飘落

（很久以前的事又发生了）

你站立水中云月之上望望我
一声叹息
那条缆绳断开
那只小船又一次离开了岸边

2013年11月8日

愧疚

我的愧疚带着一丝微笑面对你
在同一盏灯下已经度过了十个春秋

我一直想说出来
可看到你纯净的眼睛我欲言又止
自责，旋起一阵小风吹来

几许凉意在这盏灯下徘徊
那天我亲眼看见
一只蟑螂爬进了面包缝里
你进屋微笑着吃掉了那块面包

而我，望一眼墙上蒙娜丽莎的油画
又望着你的微笑没有告诉你
因为你吃得很香

从此只要我看到蟑螂和你的微笑
内心就隐隐作痛。
愧疚！十年来我一直在责问自己：
为什么不说出那只蟑螂

2013年11月11日

复仇者

一只小蚊子从我面前掠过
我想都没想　双掌合击
鲜红的血点刺上我的掌心

小蚊子粘在我的手上残喘
微薄的翅膀被血染红
幼弱的腿在挣扎
此刻远处的太平间里出现骚动

小蚊子呻吟凄楚：
那血是我自己的。
我看着这具小小躯体在颤抖
突然想哭
哭得柔肠百转

一有蚊声
人为什么就挥舞那个惯性动作
因为人类是复仇者
因为风声响起就有树叶摇动

这一件事没有人强迫我做
我却顺手做了
在蚊声悠扬的夜灯下
我在人间飞翔
双掌合击的声音随时会回响在我身上

2012年4月26日

空气五颜六色

咳嗽声踮起脚尖从那端走来
发出一阵阵声响
将老房子的墙皮震落　尘土腾空而起

肺叶扇动着火苗烧伤了我
我逐渐枯萎如一片焦黄的荷叶

一群群的人大口大口地呼吸
吐出一团团气体
形成大片浮云在大地上飘荡
飘出粉红桃花白色梨花黄色菊花
紫色的马兰花还有罂粟花
空气变得五颜六色

全城的空气都被用过
除了人在呼吸狗在呼吸
大地腾起的灰尘也在呼吸
还有牛的屁还有汽车那些肺
五颜六色的空气渐渐变得混沌

在五颜六色的空气中
我的呼吸也学会了踮起脚尖
蹑手蹑脚地行走在医院的病床上

2013年8月22日

海是一本大书

海是一本大百科全书
浪涛一页一页涌来人类一页一页翻阅

陆地上有的海里都有
比如马。海马身形小如马蹄
那强悍奔跑的英姿一朵浪花足以完成
还有花朵。海花珊瑚绚丽绽放
满庭芳香温暖一年四季

在海里可以找到灵魂
那些死去的人类和鱼类的哀怨和叹息
经常聚集成一团风暴浩浩荡荡

翻开一页浪涛两只螃蟹正在厮缠
一只为了另一只折断了前螯
还有一对鲨在惊涛之下默默相望
大海的学问铺天盖地

然而，面对大海人类常说一句谎言：
海枯石烂我心不变
面对同类
人也说过真话：情深似海！

2014年9月17日

找自己

路上一个老人走到传达室门口问：
有人找我吗？
传达室里一个守候电话的老人摇摇头

路上那个老人每天都来问：
有人找我吗？
守候电话的老人摆摆手：我也在等人

路上老人与守候老人如此对话：
有人找我吗？我也在等人！

一年三年五年，过去了
一天，街上有人大喊一声：有人找你
路上老人兴奋不已
回头张望着张望着晕倒在地
同一天。传达室电话铃声响起
守候老人听到了那个声音
泪流满面说不出话来大脑血梗

两个老人在火葬场里又相遇了
活着的时候自己找自己
化缕青烟去找别人

2012年5月28日

玻璃鱼缸

我打了一个哈欠惊动了一条鱼
鱼尾拍打水花
提醒我：清明刚过　山高水长

我倏然发现那条鱼总是睁眼睡觉
一旦到了闭上眼睛那刻
它便死去
是啊！谁都不愿看着自己灭亡

那一夜尽管我哈欠连连却无法入睡
我一直在想鱼肚子里的那个秘密
想着想着……我游进了梦乡

我要去梦里看看我做的那个梦
那个梦是一个玻璃鱼缸

2014年4月14日

石狮子笑

一头狮子端坐在风雨飘摇里
抿嘴微笑着一派柔情
我在石头面前找到了那种平静

一只蟋蟀在狮子脚下叫得响亮
风是柔顺的鬃毛
一道闪电划燃了一根细弱的火柴
点亮了星光
雨也小了柔情万点
为了那种平静再深度一些
狮子可以不要心跳

怒吼是石头
沉默不语也是石头
石头抿嘴微笑比什么都硬
狮子抿嘴微笑比什么都有力量

在这头石狮子面前
我知道抿嘴微笑能解决纠纷
于是我将气恼和怨恨变成沉默的石头
又把我的声音雕成抿嘴的狮子

我是石狮子脚下那只蟋蟀
柔声细语地活

面对凶相毕露的人间
唯有抿嘴微笑才能对抗地动山摇

2012年7月9日于深圳牛湖

宋朝铜镜照见南海

在夕阳落水那刻
有船从南海捞出一面宋朝铜镜
海水波光粼粼一片紫色
南沙洲上爬满螃蟹
大陆博物馆里飘起一块红绸

那块红绸悄然盖住了铜镜
如果有灯光照射
镜上龙纹蠢蠢蠕动还发出微微涛声

铜镜里照出的面孔似是而非
镜外人会坚定地认为那就是自己

每次大风暴来临
铜镜上的红绸被掀开一角
一束光芒照射到墙上
仕女柔弱的影子飘出袅袅药香

一天一个女人走进博物馆
盖在铜镜上的红绸缓缓滑落
铜镜里温婉之光正在孵化一块卵石

远离海岸的涛声深深浅浅
铜镜里的面孔倏忽闪现苍老祖母

又倏忽闪现稚嫩孩子
倏忽一刻女人又看见了自己
后来清明上河图在铜镜里浮动
女人细细观照　图里小桥上飘一缕春风

2014年9月14日

空房子

房子里的东西都搬走了
只有几个洞孔还死死地钉在墙上
一块干面包上还趴着蟑螂

我看到最后一把椅子走出大门
门外传来一阵骂声
满是尘土的地上还有一张报纸跃跃掀动

在空房子里我感到十分疲倦
我要迅速离开
空房子是一只空握的拳头
拳心攥着一把声音
世界一片窸窸窣窣

我听到抽水马桶里有人对话
有一泡屎还没有冲走正冒着气泡

我推窗时突然明白：
为什么房子要有几扇窗户
因为人总是渴求房子以外的东西
我的心情
在推开窗户之后迅速辽阔

2012年9月10日

羽 毛

一片羽毛从天空落下来
落到人群之上　再落就是一块石头
石头落下来击中一块玻璃

玻璃声撕裂了某个宁静的傍晚
到处都是反射光芒的碎片

碎片穿透了一具稚嫩的肉体
鲜血染红杜鹃的啼声
慌乱在小巷里有序进行
烤肉串的炭火辉映市民满面夕阳

原来，老人身上的一片羽毛
飘上天空
三十年后才落下来
落下来！凶狠地落到一个孩子身上

2014年1月1日

蒲公英

一只小鸟从树枝上掉下来
一个女孩把小鸟埋葬了然后浇点泪水

不久从埋葬小鸟的土里
长出一枝黄花长出一枝花影
长出一枝花香长出一枝鸟鸣

女孩用她痴情的泪水卸妆
红艳艳娇滴滴的嘴唇变得惨白
女孩哭的时候有人给了她一只苹果
她坚信这个世界很甜

春去秋来小黄花长出白色羽毛
毛茸茸的鸟鸣非常响亮

远方丛林里小鸟在歌唱
女孩噘起惨白小嘴轻轻一吹
小鸟复活了
展开白色的羽毛随风飞扬

2013年7月5日

重读艾略特的诗

大雪之上瑟瑟抖动一片黄草
尸体挣扎出几缕长发
荒原巨大的裹尸布藏不住一颗头颅
思想从那里生长青青芳草

艾略特在荒原上从来没有停止过嚎叫
死者的葬仪经久不衰
空心人排队祈祷
嘴里喷出白色的哈气结成冰霜
圣经是手里的一块面包

今日都市的荒原上
稻草人的生殖能力十分强大
可以不用土壤
只要见到阴影见到风就会生长

这一群一群的生灵
已经折断了望向远方的笔直目光
眼睛只管盯着脚尖顺风而行

衣角暗示有风移动
旗帜呼啦啦宣告了风的方向
风就是摇曳的树枝和滚动的沙尘
所有的风都是一个模样

在万象混沌的风里
每一颗人心都是这荒原上的村落
村落的圈里还有几只等待宰杀的羔羊
心脏流血
所以弥漫血腥

艾略特这个鬼走进今日都市荒原
发现那些虽生犹死的人浩荡成群
而世界并没有告终
世界终将告终
世界一定告终
"嘘"的声音绵延不绝
"嘭"的巨响就要发生

2013年4月13日

微　笑

本世纪人类都在临摹一个微笑
蒙娜丽莎的微笑　放射出微微的皱纹
暖暖地照耀世界

西施一笑渐渐变凉
中国的现代派一次次临摹朱唇
陷入达·芬奇颜料的泥潭
却不用细腻的笔触描画阴蒂

那里是微笑之根
一堵墙挡不住一幅画的路
路上花开花落只是一个转身

有谁知道达·芬奇画蒙娜丽莎时
她的幼子刚刚夭折
她在闷闷不乐中顽强一笑
这个永恒的微笑是悲痛浇灌的花朵

2014年4月17日

灵魂是只小鸟

我是一棵会走动的树
为了哺育一只小鸟儿而生长枝叶
鸟巢长满头发

当秋风审判树木的时候
枝头纷纷落下羽毛
羽毛柔弱地哭泣着覆盖蟋蟀的尸体
我听到原野一片死寂

突然古刹钟声里飘出一朵白云
羽毛沾满苦涩的月光
树下石桌上摆放着几只酒杯
多少好汉在饮鸩止渴

天空下那只小鸟儿在啼血异常惊心
我这棵树四处逃窜
逃不出那只小鸟儿的凄凉哀鸣

有一天叶子在树上颤抖着被太阳染黄
我这棵树倒下去了
鸟儿扑棱棱飞了起来
我躺在大地上看到阳光奔腾

2013年6月30日

闩 门

为了防备有人进来
我还是坚定地把门牢牢闩上
每夜如此那根铁栓磨出了月光

"咔嚓！"门闩欢快地叫了一声
整个房间里宁静开始欢腾
夜风没有被关在门外
小蚊子在灯罩里正御风飞翔

闩门是当前社会的真理
我正在为我的行为沾沾自喜
有人轻轻拍打我的肩膀：
兄弟！别费劲了，我早已进来了！

我悚然不敢转过身来
衣服瑟瑟抖落出一个身影
我就是那个我要把他闩在门外的人

2013年10月21日

鱼　刺

鱼骨刺中我的咽喉
谁都断言是因为我爱吃鱼也吃了鱼

我回忆那个夜晚
葡萄酒里灯光沉醉
眼球被烟雾浸泡得凸起
白眼发紫
一块牛排在洁白的盘子里编织血丝

有人描绘我在酒吧台边的情景
一双布满血丝的鱼眼
死死盯着牛排
流着口水

同时也能为我作证：
当时我绝没吃鱼
吊满紫葡萄的酒吧离大海也很远

但毕竟我的咽喉在流血
说话的时候发出鱼叫
空气中还飘浮着气泡……

2012年4月29日

小石斑鱼

我买了一条小石斑
放进水池　准备一顿平静的晚餐

忽然，石头的声音溅起了水花
小石斑苏醒了
夕阳的余晖照耀着一池悲欢

我把那条小石斑放回鱼塘
回家的十里路上我吹响口哨
那一刻天清水蓝
月亮弯弯　一条小鱼游在天边

回到家里　我发现水声荡漾
水池里飘着一弯月光
我的儿子也买了一条小石斑

2014年4月4日

堵　塞

堵塞让整个人类不痛快
尤其是经久憋屈的人类不痛快

早晨，道路堵塞了。因为天空
下了一场毛毛雨
中午，道路堵塞了。因为路口
多了一块新木牌
黄昏，道路堵塞了。因为人群
围观一只死老鼠
夜里，道路堵塞了。因为汽车
爆了一个旧轮胎
从辰时到卯时道路一直被堵塞。
偶尔几声咳嗽飘飘悠悠传到路那边。

人类的专家们海阔天空地找原因
终于找到了一个小塞子
经过剖析
这个小塞子原米是一个小杂念

2014年5月10日

一个叫屁的人

谁也没拿他当回事
人们都捂着鼻子离开他斜眼看他
他是谁?
认识他的人都管他叫屁!

考大学只差几分让他焦头烂额
女人跑了因为没有房子住
有一份糊口的工作薄如窗纸

只有风是他的朋友
风抚摸他认可他把他的气味送到四方
还有邻居的一条小狗向他摇动尾巴
让他感到自己还是个人

他开始恨人类
在人间不停地放一些小屁
用声音和气味提醒人们:我在这里!

可是谁也不理睬他
他太轻了
轻得如小屁之气令人厌恶
一缕浅浅的黄绿色气体环绕着他飘

他忍气吞声把所有的屁闷在体内

肚子越憋越大

他预谋着预谋着

有一天他钻入密集的人群

人间的一响巨屁爆炸了

太阳当空的时候

"砰"的一声血肉横飞他的臭气终于熏天

2012年6月15日

哭　声

心被某个日子攥得紧紧攥得生痛
攥出了泪水
攥出了哭声

一个老人太老了攥不出什么了
他张开没牙的嘴哈哈哈哈似笑非笑

这种声音奇形怪状
它让嘴角紧闭不停地抖动
它让嘴唇大开拼命地号啕
灵魂发出了声音

灵魂一直在全世界漫无边际地游荡
只要碰上那个日子就会大哭一场
睫毛上不停地落雨衣襟一片汪洋

那是个什么样的日子啊
总让我们过得不好
总把这个声音撒遍人间每一个角落
想一想吧：我们谁没哭过

2013年6月22日

我在找我

我在微信里找到了我
通讯录的小广场上人群向我问候

我在一双鞋里找到了我
我踽踽而行竟然走出了千里之外

我在一双筷子上找到了我
撑着瓷碗的小船渡过了五十余载

我在一本书里找到了我
踏着汉字的方砖与李白撞个满怀

我在情人的岸边找到了我
一块卵石孵出来一只可爱的小鸟

我在一声屁里找到了我
五脏六腑的味道在蓝天下飘着白云

我在电脑邮箱里找到了我
才知道朋友那里还有许多事没有去做

每天我都在四处找我
总有一天我找不到我了。我，找不到我了……

2013年10月23日

因花生开悟

夹起一粒花生蘸着酱油我想
我从哪里来?
夹起一粒花生蘸着江水我想
我是谁?
夹起一粒花生蘸着阳光我想
我到哪里去?

冥思苦想　头颅轻如气球
冥思苦想　花生变成子弹
冥思苦想　气球被击碎了
冥思苦想　撒落一地残片

把一粒花生放入嘴里我明白了
我从那里来!
慢慢地嚼碎一粒花生我明白了
我是我!
嚼碎的花生咽到肚里我明白了
我到那里去!

2014年5月14日

命运是一声响屁

在一片清新的寂静中
响屁轰然喷射在空中弥漫
楼宇间开始飘散几缕淡淡的炊烟

不高的空中在大腿之间
响屁让人们不知不觉地捂一下鼻子

这是响屁最得意的时刻
让人们听到了自己也闻到了自己
让人们知道了自己是一个响屁
比默默无闻好

可是不久臭气散去响屁消失了
人们忘掉了响屁来自何人飘向何方

后来的一些响屁郁闷在肠道里
响屁是戏台上的小丑
让听众笑笑而已
放屁人有点尴尬但感到痛快淋漓

随意让响屁开始放肆
响屁在芸芸众生中释然领悟
并非人人至香至雅
大多数人的命运是一声奔放的响屁

2012年8月9日

窃窃私语

隔墙叽叽喳喳叽叽喳喳
让隔墙的耳朵心烦意乱

耳朵不甘于贴在墙上窃听
它鼓动翅膀穿墙飞入左邻右舍
探个究竟
那窃窃私语是否鲜艳如花
那窃窃私语是否身上长满小刺
那窃窃私语是否如鼠

窃窃私语排着小队来回穿行
尽管耳朵飞行速度很慢
东张西望
还是找到了叽叽喳喳的声音

在人心一个个暖暖的小窝里
养育了一群又一群窃窃私语

2013年11月18日

水墨天空

天气预报：今日变化多端反复无常
我在大地上翻阅天空

云彩讲述鱼群在天空被杀害的事情
天边遍布片片橘红鱼鳞
一会儿又挂满嶙峋的鱼骨
我想知道谁吃了鱼的肉

许多鸟在天空飞翔
我全神贯注地辨认那些鸟类
是雁是鹰是天鹅是乌鸦还是飞机

天空由灰蒙蒙而浅蓝又转湛蓝
又小雨霏霏又太阳当头
道是无晴却也有晴
我明白了唐朝刘禹锡的意境

我翻阅着谎言翻滚的天空
翻阅一幅幅山水国画
祥云成龙而浮云也成了神马

整幅云天渐浓渐淡渐灰渐蓝
落日在水墨天空盖下一枚朱红印章

2012年6月11日

大雨无法回避

无论愿意不愿意天都在下雨
人无法要求天空！无法。
哪怕一丝一毫愿望在天空飘荡

人群只好顺着天气走
顺着雨顺着阴或者顺着风
备好伞　从一个房间走向一个广场

连续几天下着暴雨　人无法回避
只能顺着天的脾气走
眼看着大楼瘫倒了　汽车淹死了
大水在广场上笑出一个酒窝

人们在一座大厦里还要撑开雨伞
因为天　阴遍了每个角落连同心窝

人们的心情被阴　涂得一片漆黑
无论愿意不愿意天都在下雨
无论愿意不愿意天都在下雨

2014年5月13日

装

我被装起来了　有点神清气爽
但却迷失了方向

我被装在一双皮鞋里
长安街的静夜响起马蹄的声音
我被装在一件风衣里
衣服的缝隙里潜伏几颗沙粒
我被装在女人身体里
躲不过重重叠叠的悲欢与相思
我被装在纸袋档案里
一生也没有逃出那几行汉字

我被装在房子里
我被装在汽车里
我被装在微信里
我被装在钱包里
最后。我被装在一个小盒里
骨灰中也许还有被人遗忘的舍利子

还有什么东西被我装过?
胃里一块憨厚的面包
九曲肥肠里的一泡狡猾
还装了一点雄心　一点念头
不过，打了个饱嗝全没了

还装了什么？
勉勉强强装了大半辈子的人

2013年12月23日

龙屋人氏

龙屋里住了一群张牙舞爪的人
当太阳在高山之巅吹响号角
这群人在田野里收割麦子

麦壳漫空飞舞撒下弥天大谎
麦粉制成面包如沙发坐在屁股底下
一个百花零乱的春天一片狼藉

龙屋人看三月　眼屎飘出桃花芳香
一条鲤鱼在油锅中炸得金黄
满地的鳞片叮当作响

龙屋人听西风　耳孔长出金色松茸
左侧嘴角流淌着鳄鱼的眼泪
餐桌上充满海的腥味

龙屋里的大餐养育着龙屋人氏
麦壳落在了我们身上
我们是龙屋人氏　龙屋就在推门之间

2014年5月12日

小镜子

我不知道　就是不知道
谁拿我都没办法
人们看着我碗底朝天然后摇头离去

知道，是一枚小镜子
把世界一角放进来　放进来一个平面
当我看它，我就出现
于是我就会说：这就是当下

有一天我驾驶汽车疾速行驶
小镜子里躲进一抹阳光
十分刺眼！突然撞车
我发现小镜子里面喂养了一只小阴谋

用了大半生的知道也没喂饱小阴谋
我就干脆什么都不知道
到后来，如果我连不知道也不知道
那就完美了！

2013年12月27日

夏之寒

太阳把石头烧成一块块火炭
绿叶焦黄蜕变一树哭蝉

今夏多灾多难　酷热施刑拷打人类
老百姓汗流浃背却浑身发抖

看不见的粉尘在灼热中炸响
古城大火客车爆裂燃成火车
新疆火药味十足葡萄在燃烧
大地熬不住了在不停地扭动
就连飞机也跑到了海里避暑

灾难是人类这头巨兽身上的伤口
脓血舞动着火焰
灾民沉默　只有伤口呼救
伤口喷出热浪　人间弥漫口臭

一个灭绝恐龙的季节正在走来
大暑烹人却涌动一股寒气冰冷刺骨

2014年8月9日

头 颅

世界杯这几天夜里我的头颅没了
被人在巴西绿茵场上踢来踢去

头颅里只装着几个数字
那些思想变成种子撒落一地
青青的青草生长出来就是让脚践踏

头颅在啤酒里浸泡之后
又回到一个水泥广场上滚动
那里有火烫的阳光和一堆堆垃圾
门的概念也渐渐忘却

我的头颅
要把那些思想装进来放回到肩膀上
可怕的是脖颈已经结痂
那颗头颅也只能滚动在脚下

不只是我，还有大片大片的人群
都是自己砍掉了自己的头颅

2014年6月26日

停电了

没有门没有窗口的房间
里面堆满了头颅
一块块哀怨的石头在一盏灯下孵化
可她的那朵笑始终没有开花

叹息苍白无力涂遍每个面孔
每个人都在辨认自己要找的熟人

她知道只有悲伤才能看到月亮
只有热泪盈眶才能享受爱情
只有赤裸才能抚摸美丽

于是，她一件又一件脱掉衣服
房间一次又一次明朗
脱最后一件，她听到一个熟悉的声音
是他，自己寻找了一生

当她一回头，那盏灯突然爆裂
停电了！没有光的房间无比辽阔
她要找的熟人一片黑暗

2014年8月7日

又停电了

没有门没有窗口的房间
突然又停电了
上次停电的记忆还闪着一个光点
一只萤火虫在白脑浆里挣扎

黑暗把寂静装满一屋
整个房间里似乎什么也没有
但喘息微微鼓动翅膀在角落里翻飞

太久了，黑暗把时间搅拌成一团
人在黑里渐渐忘掉了人形

一屋子人变成了老鼠在爬行
四处找洞四处找洞四处找洞四处找洞

这时，墙外传来敲击声
所有的耳朵停止了交配爬到墙上
期盼一束光芒
眼睛也做好了眯起来的准备
而墙外，只是两块石头在相互撞击

2014年8月11日

非月亮

每一个人心中都有一尾月亮
可非要在月下垂钓
非要靠近一个码头然后岸边戏浪

月夜浅唱　是心在撩拨月光
看身边月亮亦哭亦笑　听远海潮落潮涨

某夜把月亮当一面镜子
不是去照别人　而是照自己满面凄凉
又一夜把月亮当一盏灯
不是照自己的床头　而是去照耀远方

人只要在人间　都会成为月亮
相思的苦与相见的狂
都有同样光芒

月亮有圆缺　女人就有红潮起落
就会惹得男人疯癫
脱光衣服让躯体赤裸　任月光流淌

人间月夜最不能平静的还是月光
每一丝月光散发花香
诱惑海水翻腾　人心慌乱
东西南北开始鼠窜　人找不到方向

夜朦胧里有人唱：都是月亮惹的祸
历史那头李白说：月亮洒下了霜
今朝人间冰凉
心中那尾月亮游在天中央

2011年4月7日

一泡狗屎

人类，我瞧不起你
你这个贪得无厌的饕餮之兽
大嘴婪婪无边
把青葱的大地啮噬得血肉狼藉

人类，我瞧不起你
你这个阴损狞毒的魍魉之魔
地球变成刑场
分秒不停地疯狂灭绝亿万生灵

人类，我瞧不起你
你这个钩心斗角的妖孽之徒
玩弄国家伎俩
连绵不断地发动战争屠杀同类

人类啊！你问我是谁？
我可以堂堂正正地告诉你
我，是　泡狗屎
一泡热气腾腾的臭狗屎！

2014年8月10日

一朵花

此生我是一朵花该有多好
与自己的同类打交道，我很累
我愧为人！

花朵不到处乱跑
人却这山望着那山高然后昼夜兼程
花朵雌雄一体从不分开
人却跟随月亮走然后分手

见到花色我无地自容
花朵吸取微量养分而我吞云吐雾
闻到花香让我羞愧
花朵制氧制香而我排毒排臭

我愧为人！
在荷塘里自赏一朵柔情，我期待
来生我是一朵花该有多好

2014年8月10日

诠梦·塑料袋在飞

梦到塑料袋飞来飞去，初以为是鸟，细看去竟是一些可怕的东西，像海洋里透明的水母。不祥之梦。

几只塑料袋扶摇直上天空
飞在鸟群里忽而向东忽而向西

鸟儿的方向
是梦里某个温馨的地方
而塑料袋却漫无边际
这些天空里的腔肠动物鼓满一腔风尘
怀揣阴谋窥视着飘移

垃圾堆里的肮脏之物上下升沉
没有血液的小动物喘着粗气
鸟瞰大地
看到城市一直在发抖
又一座楼房像癌症一样生长出来

鸟群累了在楼群间栖息
薄薄的浅红色小动物也飘摇降落

一股幽灵般从黑夜跑来的风
撑开塑料袋
突然套住一颗头颅

窒息。挣扎。撕扯袋子。大咳。
从梦中惊醒吐出一口血痰。
太阳出来了

2013年4月10日

对　面

一棵树站在我的对面
我没有看到四季　只看到了一只小鸟

一面镜子站在我的对面
我没有看到笑容　只看到了一件衣服

一个女人站在我的对面
我没有看到妖娆　只看到了一片沼泽

一片蔚蓝站在我的对面
我没有看到大海　只看到了一滴眼泪

当我的对面什么也没有的时候
我才真实地看到了自己
我是一只小鸟　我是一件衣服
我是一片沼泽　我是一滴眼泪
我是什么都没看见！

2013年11月14日

老地方

有一家酒楼叫老地方
我喝的酒吃的菜都产于老地方

有一栋房子叫老地方
我在梦里常常梦到那个老地方

有一块记忆叫老地方
南来北往的人和事都发生在老地方

有一丛荒冢叫老地方
死去的先辈好友都安葬在老地方

我云游四方最后又回到老地方
我和情人和朋友见面都约了老地方

老地方是我父母给我找到的地方
老地方是我生我死落脚的地方

有人问我：老地方在什么地方？
我回答：老地方就在老地方

2013年8月21日于深圳老地方酒楼

邻家铃声

隔壁人家闹钟的铃声突然响起
我被惊醒
躺在床上等待邻居开门的声音
可是铃声响过之后四周一片寂静
四周一片寂静

我起身将耳朵贴到墙上仔细窥听
期待墙那边的人撒尿洗脸
期待墙那边的人走出房门

过了许久四周还是一片寂静
墙那边没有事情发生
寂静中我听到了
我的心脏以钟表的节奏在跳动

此刻我的大脑里舒展不测风云
我的心脏是一枚定时炸弹
早晚有一天我的躯壳会突然爆炸

我怀里正抱着那只闹钟
我发现墙那边是一条大街没有人家

2013年8月24日

喂　刀

他在自己狭隘的小屋里
喂养了一把小刀
美丽透明的玻璃金鱼缸被他搬走了
小刀成了他新喂养的一条小鱼

每天，他用嫉妒的小米喂养
用恼怒的馒头喂养
还用仇恨的烤牛排喂养

他还经常在一块叫心的磨刀石上
把小刀磨砺得闪闪发光

有一天在关门时刻
他情不自禁地把小刀插进一个人的胸膛
鲜血却从他身上流淌出来
满屋血光
这一刻小刀喘着粗气
小屋里有东西落地！传出一声巨响：
"咣当！"……

2013年11月13日

老篮子

老篮子从农贸市场回来
只买了四根黄瓜一棵白菜一把芹菜
却留下一路清香

街邻四坊又给了老篮子
两头蒜三根葱一块生姜
今晚这餐欢声笑语在餐桌上飘荡

儿子嬉戏饭桌前
小手伸进老篮子衣袋里要找几块糖
衣袋空空　让孩子失望

老篮子笑对妻儿说：
囊中羞涩，怕啥！
只要腰杆挺直　心不发慌
只要把一个装　装好了
衣袋就会撑得鼓鼓囊囊

老篮子的微笑将衣袋里的钱包做巢
慢慢地鸟儿长大了
扑棱着叹息的翅膀飞回家乡

今晚饭后　窗外星光闪烁
老篮子正准备脱衣上床
突然听到空衣袋里传出细微笑声

还闻到了一丝米香

老篮子从空衣袋的小缝里摸出一粒
只有一粒
不知何时遗落的葵花子，嗑开。真香！
香气透骨　绵延不绝
老篮子肩上那盘向日葵
笑出光芒！

2012年4月6日

雪花·六支小箭头

刚进入冬季的一天　暮色正浓
一朵小雪花落上我的衣袖
小心翼翼地同我对望

小雪花有六个角
六个角有六支小箭头指向六个方向
第一支小箭头指向财富
那里一片金黄光普照楼宇
第二支小箭头指向幸福
那里有蝴蝶飞舞笑声爽朗
第三支小箭头指向权力
那里万头攒动万岁的呼声震天
第四支小箭头指向荣誉
那里动人的歌声正赞美英雄
第五支小箭头指向性欲
那里肉体赤裸舞动透明的白花长裙
第六支小箭头指向苦难
那里的泪水在哭声里蒸发成云

暮色里的小雪花融化了，融化了……
湿了我的衣袖
我曾经用这样的衣袖抹过泪水

2012年11月4日

放飞黑鸟

不知何时一把黑伞跟上了我
我穿街过巷身后还跟了一只小狗
乌云飞临头顶
小狗汪汪叫了几声

经常是几颗雨滴让黑伞上了一天的当
云朵在笑我撑不开一把小伞
我只好用伞来做拐杖

沾满香水的风一从远方吹来
我就恢复了记忆
我想起来
我曾渴望去掀开一个女人的裙子
然后再躲到黑伞后面

我听到雷声响在头顶的一个角落
大风大雨来了
到了撑开黑伞的时候
我兴奋地按动了一下伞柄

黑伞利落地张开翅膀
突然一只黑鸟从我手中扑棱棱地飞走了
带着那股风和香气扶摇升空

2013年8月13日

青菜汤

用青花瓷碗装满了菜汤
孩子只管端起碗来
妈妈在身旁叮嘱：孩子，慢点喝！

盛宴上总有一碗菜汤荡漾
几片绿叶小舟载不动一个人的梦想

一只汤匙搅得天昏地暗
觥筹交错之中酒肉臭气包裹路边寒骨
风卷残云的事件发生在餐桌上

这一碗菜汤
在人生中潺潺流淌
流一泓春水漂几瓣桃花几片青叶
热气大雾让人在碗里陶醉

端起青花瓷碗才发现自己活着
菜汤悦耳一碗荷塘月光止低吟浅唱

这碗菜汤令人赏心悦目
碗壁上古老娟秀的青花在汤里漂浮
不急不躁用一生品尝：
淡了　滴点酱油
咸了　加杯清水

烫了　放放再喝
凉了　用心热热

2013年7月19日

树在哭

琴声奏响　在天地间奏响
哀婉声叹得太阳惨红月亮惨白
在太阳的血中月光的水中树影瑟瑟
琴声提醒人们
全世界的琴都是树做的

每一块木头都记住了
风吹树叶声
雷电声
鸟声
雨水声
树枝折断声
今日琴把这些声音又演奏出来

还有制琴人的声音
演奏者的声音
谱曲的纸声
以及现场所有听众的声音全在琴里

这些声音欢乐的不多
大部分都是苦难
一棵大树被砍伐被锯被刨被凿
最后成琴

当所有的琴演奏到悲哀的乐章

听，那是一棵大树在哭

2012年5月11日

那件事

她一生都在期待着那件事
可那件事从来就没有发生

翘首仰望天边的几只鸟
飞近了落下来又飞走
几只乌鸦发出黑漆漆的声音

月亮升起来又落下来陪伴人玩
那尾月亮没有逃出人心
小笼子里圈养了一只白兔

那件事既不是黑又不是白
她也不知道那件事到底是什么

她看着黑白交替的世界四季循环
什么都发生了无非如此
什么都没发生也不过这样

有一天她突然明白
自己期待的就是什么也不要发生！

2012年7月5日

亡　灵

刚才，死去的人也有了自己的节日
但必须是烈士

亡灵们走在国歌的路上谈笑风生
看碑前的活人余哀未尽
号角里花开朵朵
花篮中叹涕声声
活人们低头那刻亡灵有些欣慰

忽而亡灵愕然：可爱的孩子们唱歌
在歌声里要做他们的接班人

手执菊花的人群恨不能壮烈而死
如同一枝枝被折断的菊花
节日散去之后
在汉白玉的石阶上渐渐枯萎

只有那最后一缕菊花的香气
追随亡灵飘飘而升
人总有一死
壮烈而死还会享受一个盛大节日

仪式还在为亡灵继续
活人们缓缓踏上英雄纪念碑的台阶
有一个贪官两腿正瑟瑟发抖

2014年9月30日国家烈士纪念日

失物招领

一支钢笔等待它的主人认领
等得干涸枯竭　无法留下笔迹

一个钱包等待它的主人认领
等得囊空如洗　纸币换成烟酒

一副眼镜等待它的主人认领
等得镜片染尘　世界完全迷离

一把雨伞等待它的主人认领
等得残破不堪　天下已经大旱

一只狗等待它的主人认领
等得年老体衰　日渐奄奄一息

人类也是一件丢失的物品等待认领
等得烦躁不安　惶惶不可终日

每个人都发现自己置于失物招领处
不知道认领自己的主人是谁

2013年8月5日

牙咬牙

一位求他办事的人送他一盒核桃酥
阵阵麦香扑鼻
使他产生了金秋收割的欲望

核桃酥全身涂满了金色的糖浆和蛋黄
上面镶嵌几颗核桃仁
也闪耀着金光
他的口水在流淌

他等不及了
拿起一块核桃酥塞进嘴里狼吞虎咽
大嘴要吞掉一座大山

突然"叭"的一声牙遭遇阻击
一个硬东西震得他大嘴麻木
他把嘴里的吐了出来
看到了一颗发黄的牙

这颗牙是千里之外某人的
冒充核桃仁
让他咬住了
同时又咬了他的牙

他笑笑说

嘿，谁的牙千里迢迢一路咬着核桃酥
他把那颗黄牙收好
等待那位求他办事的人

2012年5月16日

眼　神

在一个圆桌上谁也没有说话
眼神鼓动小翅膀到处飞舞

人们相互十分理解
任何语言都是太阳底下的油灯
照耀不到人的内心

一个眼神会有人递来一支香烟
一个眼神会有人送去一杯浓茶
眼神能制止一场风暴
温润和谐的千年传说在眼神里传来递去

一只蝴蝶在飞那是你的嘴
还有一只蝴蝶在飞那是他的嘴
几只嘴唇在翻飞世界就这样喋喋不休
而此刻那些翅膀已经折断
圆桌周边一片肃静

人类这些高级动物很会放飞眼神
看。在那群飞舞的眼神里
有一个眼神楚楚动人却饱含泪光

2013年7月9日

端午节的荷塘

荷塘月色一片翠绿又一片粉红
弯月在水中摇动着桨声
灯影响在岸边的古亭

屈原来了
从塘底的污泥中仙仙飘来
手执一枚莲蓬
如同一柄花洒让今年的端午沐浴雨中

古亭里的诗人正扪心自问
正用香草美人的哀怨吟唱九歌
塘里的残荷正写离骚

荷塘含月　月亮渐渐融化
月光的水流进荷塘
荷塘的水又泼入天空
荷花连同水上的屈原被浸泡得透明

东方欲晓屈原又要回到水底
古亭里的人鞠躬挽留
屈原长叹：目极千里兮伤心悲

端午节的荷塘桨声灯影
屈原习惯做一条小鱼

还有杜甫还有老舍

因为水底还算干净而岸上更加污浊！

2012年6月26日

鱼　钩

捕了三天的鱼
渔网空空小船空空肚子也空空
只好升帆启航回到青山绿水的怀抱
去啃一棒嫩嫩的玉米

老船长建议告别大海再下最后一网
这一网竟然捕住了一条大鱼
鱼鳃喷出血红的气泡
鱼鳞叮当作响

海浪欢声笑语　船帆迎风招展
船上燃起炉火有人开始操刀宰鱼

刀在鱼腹上碰出一道金属之光
一只鱼钩如同一条小鱼一跃而出
鱼钩挂到帆上

渔夫们发现鱼钩是古代工艺
也许是郑和远洋时留下的遗憾
一条大鱼跑掉了
老船长决定吃饱之后加入郑和的船队

一条鱼改变了船的方向
老船长旋动舵轮掉转船头
沿着鱼钩的箭头驶向弯弯的月亮

2014年8月30日

秘　密

我有一条秘密小巷通向国家
随一串红灯笼找到一张小床
鼾声入睡沉醉在梦乡

我有一条秘密小路通向女人
沿着一根小茎进入花蕊
才知道那里甜如蜜糖

我有一个秘密港湾通向自己
乘一只小船驶向彼岸
渐行发现未来一片辉煌

我有一把秘密小伞通向灵魂
拦截丝丝杂念行于晴空
一生感觉一片清爽

世界所有的秘密存放在一个房间
世界所有的人在那里相遇
握手寒暄原来都是同窗

2014年6月8日

臭　味

有一股臭味不知从哪里飘来
不知从哪里飘来一股臭味

电视屏上飞舞一张嘴巴
镶着假牙喷出口气
书桌上的一本书翻动了九十多页
写了很多错字和谎言
大街墙上的标语被风吹动了一角
阵阵灰尘四处飞扬
臭味从这些地方喷散出来

还有汽车哮喘呼出的气息
钢铁溃烂的气息
牛奶猪肉腐败的气息
稻田飘出来死老鼠的气息
雨天里花朵哭泣着开放的气息
这些臭味熏得昏天黑地

突然还有一缕臭味久久不散
嗅来嗅去这缕臭味从大脑飘进鼻腔
人类还在掩鼻寻找：
从哪里飘来这缕臭味？
这缕臭味从哪里飘来？
从灵魂里……

2012年7月22日

骨 头

有人向我袭击
不是一个人是一大群人刮着风
我退到墙根底下
有一泡屎被我一脚踩上黄汤四溅

他们突然住手
抬头看看天空然后走了全都走了
乌云正在堆砌坟墓正在埋葬一群鸟

一个女人摇动着牙齿对我说：
兄弟，你知道他们为什么撤走了
他们看到你手里有一把刀

我伸展开双手
又把双手举向天空抖抖手指
双手空空什么也没有
但是指甲暴露了我的骨头

2013年6月20日

何有清凉地

蚂蚁在热锅里的喧嚣
让我睡不着觉
我挑起灯笼寻找清凉地

寻遍千山万水
发现那盏月光是火
那席凉梦是火
李白地上的霜也是火

我手上的灯笼在燃烧
追求在燃烧
欲望在燃烧
就连淡淡的思念也熄灭不了

活着就是那一苗火烛
照耀着煎熬向我款款走来
朦朦胧胧由远渐近　　渐渐清晰
近处一看是那窈窕淑女

我辗转反侧
这夜里人间所有的床都在辗转反侧
到处都响彻着蚂蚁的喧嚣

2012年4月21日

一口痰

一个痰迷心窍的年代
污浊的空气在我的肺里旋起了飓风
每一口痰都是一次海啸

我一直坚定地认为：
生死攸关的那口痰一定要把它吐出去

我父亲吐出一口痰
那句话黏黏糊糊说了半个世纪
美丽女孩的一口痰吐出一朵罂粟花
黑夜吐出一口痰那是一轮月亮
早晨吐出一口带血的痰太阳落在东方

痰是一朵生病的火苗烧灼我的肺叶
这朵生病的火苗可以星火燎原
可以毁灭一切
地球是宇宙吐出的一口细菌横行的痰

昨夜我又狠狠地吐出一口痰
砸死了几只无辜的蚂蚁
不久又从痰里缓缓爬出一只蟑螂

2013年7月7日

穿衣服的风

风一路穿着衣服
从一个想不到的角落走来浑身土黄
还有一股酸臭味道

大街小巷全是骂声
白菜烂了水管爆了天空阴了我也病了
我咳嗽一声落下了雨滴
那是我伤风的鼻涕

风的衣服越穿越多越穿越厚
衣缝里虱子和螨虫交配不停地繁殖

我头顶上的乌云跑得很快
风在驱赶它们奔向天黑那块坟地
去埋葬一群星星

天很黑月亮顽强地给我一点光芒
让我在一片树林里找穿衣服的风

拿起一片枯叶我突然记起:
自从城里发生那件大事以后
风就不再赤裸

2013年6月26日

一棵白菜

电梯上上下下　人进进出出
一根钢缆不间断地发出老鼠的叫声

此刻，几个人沉默着冉冉上升
一棵白菜跟随一个女人散发清香
人们看到白菜的那一刻
电梯突然宽广

一个人说：白菜长遍大江南北
另一个人说：白菜的肉很肥
女人说：一棵白菜能买一瓶香水
男人说：白菜成了杨贵妃

电梯里的人亲如一家
因为人们都是吃着白菜长大
白菜含秀的神态号召人们团结起来

当人们走出电梯
天地一片冷漠
人与人老死不相往来
一棵树与另一棵树无法走近
一块石头与另一块石头无法交配

那棵白菜跟随女人走进家门

接着是灯光沾满油香四处飘荡
白菜粉身碎骨在油锅里声声爆响

2012年8月28日

敲门声

小B望着自己的门等待着敲门声
门沉默站立在墙上
一年多没有声音
她无法忍受了脱掉睡衣让乳头顶到门上
从猫眼里向门外窥视

老K十分恐惧敲门声的出现
门随时向他扑过来
每天都有嘭嘭声
他心惊肉跳地穿好衣服
在沙发上正襟危坐准备开门

小B为了让自己的门被人敲响
写了一封又一封信寄给自己
焦灼地等待送信人敲门

老K恨不得把门砸掉
垒上一堵墙
让那些敲门人如同苍蝇碰壁

可是许多的日子里
给小B送信的人不断地敲响老K的门
老K无奈地开门……摇头……叹息……
小B一直傻等自己寄给自己的信

一年又一年小B傻了……
始终没有发觉写错了自己的地址
老K被无数的敲门声袭击
躲在房间角落里两只食指堵住耳孔
疯了……

2012年5月30日

彩　虹

彩虹横空　有一个人抬头
数彩虹的七色：红橙黄绿青蓝紫
追踪着彩虹的两端

一端起于山另一端落于水
一端起于水另一端落于山
一端起于山另一端也落于山
一端起于水另一端也落于水

真相呢？
一端起于眼另一端落于心
一端起于心另一端落于眼
一端起于眼另一端也落于眼
一端起于心另一端也落于心

两端起起落落
都是因为彩虹七色太美了美成了一座桥

那个人在想天空为什么会有彩虹
为什么彩虹架起了一座桥
想着想着彩虹消失了
　　消失了
消
失
了

2012年5月3日

枕　头

空空的脑袋在今夜的枕头上
装满了黑色的荞麦皮
还有沉默的星星还有爆裂的礼花

人们的脑袋开始发胀
枕头里的那片田野满是月光
荞麦白花绽放出一片雪地
荞麦面条在肠道里爬行

节日的礼花让夜空眨了眨眼睛
荞麦皮被惊醒了
无数黑色小虫在枕头里沙沙作响
枕头在欲望翻滚的床上蠕动

有人吃下月饼里的一颗蛋黄
突然觉得太阳就在胸中
于是把头托付给荞麦皮枕头
边做梦边在脸上装饰第二天的笑容

2012年10月1日

耳　鸣

一整夜他都趴在地上到处寻找蟋蟀
他听到了那个熟悉的声音
就在房间里就在身边

隐隐幽幽的声音："蛐蛐蛐蛐"，委婉撩人
仿佛从天外而来从不间歇

找遍了房间的每个角落
最细的微灰尘都被他捉到了
那只蟋蟀不见踪影

天亮了他眯着眼看刺眼的太阳
那只蟋蟀还在叫
走到哪里都能听到
突然他发现蟋蟀钻进了自己的耳孔
自己的听骨进化成了蟋蟀
听到了宇宙深处的声音

他不再俯首寻找
坐在木椅上闭目聆听蟋蟀
这种声音只有老了才能听得明白

人间的杂言碎语听多了
就会听到蟋蟀的叫声就会发生耳鸣

2012年6月4日

12月21日的转角处

一条小巷灌满了阳光
影子在地上踏出脚步声让我心惊肉跳
路面上的粉尘正在飞扬

在小巷尽头的转角处
我看到一只长着睫毛的豆荚向我窥视
昨晚嚼蚕豆的声音飘落雪花

有人在转角处死死盯着我
我身后还有一群人推着我走

我向前走去
想快一点堵塞那个窥视我的洞孔
我转过了墙角
平静地转过了墙角
无法抗拒地转过了墙角

转角处有一棵树
风在树枝上一动不动
枯黄的叶子在阳光里不停地翻转摇摆

2012年12月21日于深圳

牛湖养月

我终于有了一个养月亮的地方
湖面够大月光可以驰骋
跑累了还有一张温润柔和的水床

童年的脸盆曾装过月亮
洗把脸月亮跑了
一张稚气的脸在水里摇出了皱纹
长大之后又在塘边撒网
水面弄出一些小微澜
月亮在嘀嘀咕咕中变成了一条鱼

一生都在望月叹息
叹出几只蛙扑腾扑腾跳入水里
又发现月亮一直望着我
走遍一生离不开月光

此刻月亮欢天喜地在湖里撒欢
我在湖畔抛撒食饵
那些食饵是我波光粼粼的细碎心情

2012年6月13日于深圳牛湖

在灵魂的高处

我站在灵魂的高处看我
我是个在草地上发呆的孩子
我的母亲已经埋在了草丛的下面

所以我能够听到花的哭声
我守在花前等待花瓣飞舞成蝴蝶

人生到处都是芳草
我渴望抱住太阳抱住月亮哪怕抱住风
离开草地高悬在空中
让我的双脚不再践踏草地

我不敢行走　　蹲在月下寻找虫鸣
虫鸣朗朗山冈金黄菊花漫山遍野

在灵魂的高处我看透了我
春天几朵花蕊竟是我的叹息
而秋天几片落叶却是我的笑声

2014年6月27日

影 子

太阳描述出大树倒地的样子
大树的叹息声长出枝叶

小鸟儿听到大树的声音之后
纷纷登枝落到树影上
此刻抚摸小鸟的却是大地的芳草

小鸟儿茫然：哪一棵树是真实的？
是站立的还是躺倒的……

有的小鸟儿说：树迟早要倒下去
所以倒下去才是真实的
还有的小鸟儿说：树站立着才是树
倒下去就是木头

小鸟儿在叽叽喳喳吵闹
突然太阳的声音从空中落下：
鸟儿在天空飞翔时影子在哪里？

小鸟儿立于影子的枝头
倏然明白：大地生长了大群黑色的影子

2012年8月7日

研讨会

房间里的人群一直在争论：
什么样的人才是好人
此刻房间里灰尘一下子腾空而起

衣架上衬衣不停地抖动
花瓶里一枝假花不停地抖动
餐桌上纸巾不停地抖动
此刻风正带领灰尘在房间里横行

鱼缸里养着一条金龙鱼
带领一群小鱼正在欢乐
五颜六色的鱼缸啊
此刻一群氧气正在吐着气泡

一缕阳光把窗帘拉开一条小缝
闹钟响了撒下一把沙粒
有人一个劲地揉着惺忪的眼睛
此刻蟑螂老鼠正在门外窥视

房间里的人群个个面红耳赤
争吵声继续腾起灰尘
此刻突然有人大叫一声：别吵了！
出了这个门你就是好人

2013年8月10日

飞机颠簸的一刻

巨大而沉重的金属和一堆肉飘在空中
此刻飞机是如此的轻
与白云同行

突然，前方气流汹涌
远处雷暴闪光
突然，飞机剧烈颠簸又疾速下垂
空中的星星如豆落地蹦蹦跳跳

这时肉堆里发出一阵阵惊呼
人们的心悬起来双手紧紧抓着自己

老人们哀叹：我死了不要紧已经够本
只可惜飞机上还有几个孩子
年轻人祈祷：我还有许多事没做
大地上还有美丽的人等我

几位空姐惊慌失措
面孔上笼罩着窗外惨白的云朵
谁也摆脱不了地球的引力
钢铁的羽毛将缤纷一地

大鸟儿发出尖锐的哀鸣
一个黑匣子装着天上的事情

这一刻飞机上所有的人都后悔
真不该来到这高处

2012年7月19日

蛇有足

一条有足的蛇横陈在广场中心
闪电在天空爬行
广大辽阔的人群听到了隆隆雷声

雷声早已经潜伏在人心底处
石头在空中滚动　云朵暗得疯狂

这时广场上有一群人手舞足蹈
踏起阵阵尘雾
一堆树叶在风中飞舞盘旋
下点雨多好！很快就会下雨！

那条蛇在广场上无力垂下蛇足
人群里有古者叶公
还有伞跟随着人群随时准备张开

又一道闪电把黑幕撕开瞬间天地通明
在这瞬间人们看到
广场上横陈的是一根枯枝

2014年6月7日

钉 子

我钉钉子的时候
没有顾及一棵树的感觉

树肯定很疼
所以飘落很多的树叶
绿色很快变黄又变黑然后成泥

钉子坚定地进攻
整个天空响彻着敲击树干的声音
我的躯体里咯吱咯吱作响
病痛也是一枚钉子

突然树上发生了鸟鸣
榔头一下子砸裂了我的指甲
满树的绿叶丛里开放出一朵小红花

一条晾衣绳还没有建设好
我温暖的内裤还泡在冰冷的水中

2012年10月27日

一丝不挂

在房间里我一丝不挂
我穿着房子行走
坚硬的墙壁挡住了人群的视线

一件衣服离我太近我感到了桎梏
一条衣领让我窒息

我需要我穿的东西与我有一个距离
给我一定的自由
让我的每一个毛孔
都能够呼吸到最新鲜的空气

我一丝不挂地行走
有一天那间房子突然悄悄地被拆迁了
我浑然不知
因为我一直穿着我自己

在行走……
屌儿晃晃悠悠
我听到了自己房间里钟表摇摆的滴答声
滴着昨晚的精液疲倦地在行走

一群路人纷纷他们被中山装扣得紧紧
被五彩霓裳裹得头晕目眩

他们还要披麻戴孝

一丝不挂的感觉真好
尤其是在春风暖阳绿草鲜花间
身穿着蓝天大地
美丽的感觉一丝不挂

一丝不挂同我来时一样　在行走
在行走　面朝我去的方向
我一丝不挂一丝不挂一丝不挂
一丝……
不挂!

2012年5月2日

拖　鞋

前天夜里我没起床
可床前那双拖鞋却来到了门口
多亏有一扇门挡住了去路

昨天夜里发生了同样的事情
我整天在想：谁穿了我的拖鞋？
到处都是坚固的石墙
拖鞋想挖个小洞穿墙而过

今夜我不睡了
双眼亮起了灯光房间一片通透
这时门外脚步纷至沓来
拖鞋慢慢向门口移动

我推开房门走廊空空
被拖鞋拍昏的几只蟑螂又死而复活
拖鞋又继续追踪

走廊里我还在想：谁穿了我的拖鞋？
一低头我发现拖鞋在我的脚上
拖鞋要做一匹马奔走四方

2013年7月14日于海南

用这种方法找到自己

我在黑夜里划亮一根火柴
一根细弱的火柴
让厚重的黑夜变得很薄

我这个怕黑的孩子
此刻成了一个老人颤颤巍巍
身影在地上时短时长地行走
晃晃悠悠四面扶壁

蟑螂族群出来了
紫老鼠出来了
蝇蚊出来了
潜伏在灯光里的小黑影出来了
夜倒在大地上　寂静发出腐尸臭气
招来乱哄哄的漆黑一团

我闭上眼睛和黑暗同流合污
自己融入了夜色
偶尔用一个小美梦点燃一支小蜡烛
让身边的虫豸们显露原形

在我划亮一根火柴那一刻
我却看到了自己
我就是这个摇曳不定的影子

这个影子是我吗？如果是我
黑森森夜里我能做点什么？

我应该点燃我自己
燃烧的脂肪发出欢快叫声
再让我的脑袋炸裂
脑浆四溅把黑夜涂得雪白

2013年4月15日

灵 魂

我想抚摸你　我的灵魂
想知道：我是否还站着
是否还在人群中　是否还在路上
灵魂啊，告诉我吧!

灵魂啊! 我是你的一件外衣
你不要把我脱掉
丢进衣柜交给蟑螂交给老鼠
或者空挂在那里

一件空外衣也会死掉
之后一丝沾满尘土的鸟儿毛与草木同腐

鸟儿在高飞
多少次我被鸟鸣惊醒
灵魂啊! 时时刻刻我都想抚摸你
我恐惧：你是否已经把我抖落
我轻若　丝鸟儿毛

灵魂啊! 你是我真正的主人
我是衣服我是鸟毛我为你而存在
我只要附着在你的身上
才是个人
我才是我

灵魂啊！我要时时刻刻抚摸你
不然我会空空荡荡

2012年5月2日

臭气熏天

某人靠着墙根拉屎
突然墙倒塌了他只好逃离
粉尘掀起一阵清风吹过辽阔的大地
擦屎的纸片漫天飞舞

他提着裤子跑得很慢
于是听到了蝴蝶在打喷嚏
还听到那泡屎在黏糊糊地呻吟

臭气尾随着他走进人群
臭气搅拌在风里吹拂着红旗
臭气混合在声音里在大街上四溢

闻惯了臭气的人
打着哈欠臭气从嘴里喷出
在臭气里丢失了鼻子
靠嘴不断地发出声音来呼吸

不久在那泡屎上长出一丛蒲公英
金黄色的花朵热烈开放
白色的小伞又飘向四面八方

蒲公英的小伞落进他的茶杯
他痛饮之后又要拉屎

开始到处寻找

寻找拉屎时能够靠得住的墙

厕所是人群蜂拥之巢令他窒息

他就爱靠着墙根拉屎

臭气会飘荡四野有时还能看到蝴蝶

2012年7月27日

空车厢

最后一班地铁车厢里空空
有一只蝴蝶不知如何钻入地下
在空车厢里飞得寂寞

只有我一个人在车厢里
我要下的那个车站
离我很近也离我很远
我期待着下一站车门一开有人进来

蝴蝶舞动湛蓝的翅膀
我看到那是天空的碎片
我强烈地感到：我是在地下某个角落

车厢里有人轻轻呼唤我
我很熟悉那个声音但想不起是谁

我自以为车厢空空
其实不然车厢里有蝴蝶的气味
还有萨克斯管回家的旋律
还有我的名字

夜深。地铁停下来
在城市深深的洞里车门开了
我的面前出现了一堵画满人群肖像的墙

2012年9月3日

小城夏夜

一座小城灯火灿烂车水马龙沸沸扬扬
一口巨大的火锅正在喧哗
红汤翻滚不息

男人搓着身上的汗泥大炒
碗里的大肉块颤颤巍巍
女人涂着口红抿着小嘴浅浅地笑
锅里的小辣椒正娇娇滴滴
汗泥卷着胸毛沉入杯底
红唇在夜风中呻吟

桌角上的几颗米粒十分孤单
渴望飞来一只鸟
当朝的木炭由古代的树木烧成
由黑燃成了红又渐渐地疲倦成白
一锅红汤沸腾着血色

热闹是盛世的旋律
诱惑着老鼠不甘寂寞纵身跳入火锅
红汤鲜美不仅因为有了鼠肉
还因为有了鼠毛

小城的百姓酒足饭饱
打个饱嗝鼠毛从嘴里飘出来

有人唱起了那首天天都在唱的歌

小城这口大火锅沸腾着不夜天
城里那些流淌油汗和涂脂抹粉的人群
在热热闹闹中不知道自己是谁
不知道自己在哪里

2012年6月24日

我的皮鞋犹豫不决

皮鞋离开了我的脚
秋天脱掉了夏天露出一片金黄
我的黄脚曾踩过黄色的泥

皮鞋想要出去走一走却犹豫不决
和一只小狗趴在一起静静看我

我的脸盆里泡着我的脚
脚像一个孩子在水里嬉戏溅起浪花
浪花落地
落下水渍花瓣飘着皮鞋气息

脚走过了五十多个春夏秋冬
如果没有鞋也只能止步在一个季节
也只能徘徊在花朵里

我的皮鞋要出去走走
因为宽阔的道路亮着灯光很有魅力

皮鞋趴在门口窃窃私语
一只说向左走那边有个花园
另一只说向右走那边有片果林
这时小狗悄悄推开了门

千山万水就在门外
我的皮鞋还在争论着犹豫不决

2012年8月26日

弥 漫

离开这里
采取逃离的方式快一点离开这里
这里弥漫着灰尘

我发现眼前没有什么比弥漫更大
弥漫浩荡无孔不入
要逃离这里只有屏住呼吸
不让灰尘啮噬我的肺

灰尘的蝇蚊声不绝于耳扰乱我的视线
沙漠在这里倒置于天空

脚下的沙漠可以跋涉
覆盖着头顶的沙漠也只能称它为天
离开这里吧!
不然我也会化为灰尘

这里有一种东西挽留我
那就是锁链
锁链在柔软的弥漫里发出铿锵声蜿蜒爬行
人无法逃离

尽管这里美女如云还有水蜜桃可吃
烤鸭也和我套着近乎

我还是离开了　从北方到了南方
可是弥漫依然跟随着我
弥漫发出巨大的呼吸声
喘着粗气
呼哧呼哧
向我脸上喷着难以名状又无法忍受的气息

2012年5月20日午

哈 欠

有钱人懒懒地打着哈欠伸个懒腰
呼出烤地瓜的味道
气息很香
打完哈欠流着口水暖洋洋又懒洋洋

烤地瓜的人守着几千斤地瓜像个坟堆
吃多了一个劲儿放屁
有钱人捧着一个烤地瓜慢慢地掰着吃
吃完了打个哈欠

哈欠一落有钱人懒散地躺下睡着了
烤地瓜那人蹲在太阳底下
手拿蒲扇给烤炉扇风

太阳偏西有钱人在梦中翻身
自己是个大地瓜
在炉中暖暖烘烘甜甜蜜蜜
被一只大手翻来翻去

烤地瓜那人全身流着汗油
脸上的汗油湿漉漉流到地瓜上面
地瓜在炉子里被烤得肥胖胖油汪汪
吱吱啦啦地响
这时烤地瓜的香气覆盖了大地

2012年5月15日

丢失手机的乐

因为手机丢了
这一天世界很静
这一天在静中我找到了完整的自己

那些熙熙攘攘的声音如风
风只吹拂我的衣角
很少有几块石头沉入我的心潭

我发现所有的声音都源于内心
外界声音不过是一些重复
换句话说
这世界的声音本来就是酸甜苦辣
这些声音我内心全有

手机丢了一天。很好!
我耳朵的小狗不用警觉地注视四方
可以安然卧在枕头里睡觉
可以平静地只聆听自己

但这只是一天。
明天这个世界会再发给我一部手机
让我如粘在无线巨网上的蝇
挣扎、无奈、残喘……

2012年8月7日晚于银川

也是同路人

竹子编织的篱笆爬满了牵牛花
一朵朵小喇叭不停地造谣：
春色满园大地一片和平

就在这时
篱笆内外的两条狗已经疯狂
里面的狗对外面的狗怒不可遏
离开这里不然我把你撕碎
外面的狗也被激怒鬃毛竖起
站在这里关你屁事

两条狗对峙着口吐白沫眼睛喷火
篱笆被撞击得危危欲碎
绿叶花瓣纷纷坠落
山野里的狗群也跟随着狂吼
顿刻间地动山摇

（事后有人总结：篱笆是哲学的迷墙
站在内外的观点不会一样）

有一天
这两条狗在路上相遇
那篱笆内外的事情已经忘却
相互摇着尾巴致以兄弟的问候：

我们是同路人

两条狗并肩而行回头望望篱笆
不要相信这个世界上的牵牛花

2012年5月26日

昨　夜

昨夜我梦见一个女人
她瘦得很美瘦得只剩枯枝
一片落叶
落到梦里一个谁都不来的地方

昨夜我放牧一群精子
他们呼喊要找一个多情小卵
成家立业
做大时代的诗人政治家或者流氓

昨夜我当了一次流氓
我顺着江水奔流一日千里
尽情享乐
不幸遇到大禹治水停滞此岸

我在此岸醒来沐浴今日霞光
昨夜是一轮没有黑夜的月亮
照耀今晚有大梦发生

2013年6月27日

船的羽毛

一只船在海水中飞翔
可以栖息的树是礁石纵横的岛
可以吃的食是满海的鱼

渔夫不知道海的那边是什么
乘上船这只大鸟
飞到对岸喝一杯红酒屠杀一块牛排
再纵情一次欧罗巴

古时明朝的一群大船飞过西洋
沿着漫长的海岸线一路下蛋
鸟蛋孵出玫瑰　大海飘香

渔夫们御鸟飞翔
在海上做梦　梦回家乡
然后面向海岸，斟满一杯
含泪痛饮　青山里流出的月光

有一天，大船在风暴的巢穴里长眠
渔夫们孵化成了一群小鱼
再也回不到岸上
南海岸边海浪推来一只残骸
船的羽毛在海风中飘荡

2014年8月25日

普通人家

在这个神出鬼没的年代
做名人麻烦做富豪危险做政客有灾难

做个普通人家真好
没有粉丝没有对手没有人惦记
做一点好事人们会感激涕零
做错点事也无人问津

普通人家窗前的灯睡得很早
明天的事情明天再说
那些豪宅窗帘里的灯彻夜不眠
今夜忘不了明天的事

夜空的月亮照耀人间
鼾声叹息声在月光里飞蹿着萤火虫

名人望月如瞳　有人窥视
富豪望月如钱　有人偷窃
政客望月如刀　有人暗算
普通人家望月如花　花好月圆

桃花源里住着普通人家
普通人家住着陶渊明
陶渊明为普通人家写下了归去来兮辞

2012年7月2日

麦子是美好的

老妪在五指山上听到了一个声音
从南海岸边
从一只残破的螺号里
传来她熟悉的那个男人的呼唤

她熟悉的男人鱼腥汗味顺风而来
风中飘着几片枯叶和几条小鱼

她决定下山去再找一找
找自己找不到的那块十六岁的头巾
头巾包着一捧麦粒

男人出海之前嘱咐她
等打完鱼回来把麦子种到地里
吃一口馒头就一点咸鱼再喝一盅小酒
那种神仙的日子全靠麦子

大海和男人欺骗了她
鱼永远也打不完　男人也没有回来
包着麦粒的头巾不知去向

老妪一次又一次走下山来
只听到麦子的声音　从来没见过麦子
这次下山梳理好头发

又照照镜子
来到岛上一片宽阔的田野上
听那个男人呼唤自己：麦子！

麦子原来是老妪的名字
海南岛处处郁郁葱葱却不种麦子

2014年8月24日

天太热了想起大雪

大地给天空下了一场雪
云朵堆起雪人
太阳很冷月亮很热星星四处奔窜
天空到处是尘埃蒙蒙

天空又把这场雪还给了大地
灰色雪团覆盖下来
大地飘落密密麻麻细细的雪粒

雪粒学着蒲公英的样子
把种子撒落人间
在人体最温暖最柔软的地方埋一粒种子
开放一朵紫红色的血花
咳嗽和哀号震撼着整个城市
雪粒的欢呼声连成一片

这些雪粒在天地间上下往复飘洒
这些雪粒能够把人溶化
在堆雪人的地方
流淌着一摊摊血水在低声呜咽……

2013年8月25日

声　音

一个声音猛然站立出来
他不熟悉感到十分恐惧

白天的声音晃着膀子走来
车鸣打桩电锯呐喊怒骂狂笑
夜里的声音躬着腰窜出来
泣哭私语梦呓放屁狗吠蛙鸣鸡叫

这些声音
断断续续一会儿走近一会走远
连呼救声也常常遇到
某天有一个声音让他全身战栗
是枪声

今天的这个声音的确从没见过
沙哑幽暗而又尖酸刻薄

他被这个声音一点一点啮噬
越来越惧怕
他想知道这个声音从哪里发出来
似乎从天空飞落
似乎在大地里潜伏
似乎在自己的肠子里游走
似乎……

2012年5月27日

一根黄瓜

绿黄瓜顶上开着一朵黄花
黄花的色泽比阿婆的戒指还要亮丽
阿婆的戒指戴了六十多年
黄瓜今天早晨刚刚摘下

阿婆让小妹吃这根黄瓜
小妹舍不得
这么鲜嫩的黄瓜可以再放几天
留着观赏留着闻香

阿婆说这样的黄瓜大地到处都有
嫩时不吃就会留成老黄瓜
阿婆掰下黄花
把黄瓜头端塞进小妹的嘴里

小妹微微一笑脆生生地咬了一口
黄瓜的清香满屋飘扬
接着传出水声
窗口又弯弯地拱起一道彩虹

2012年5月25日

皮椅子

一把皮椅子躲在茶几后面
用一种无法解读的优雅姿势
似坐非坐似站非站

各种型号的屁股坐下又起来
不同口味的臭屁喷上去又飘散开
椅子坐面上的牛皮
被屁股磨得大放光芒

某天有人来到椅子旁边
在坐面的牛皮上垂直插了一根牙签
然后狞笑着悄悄离去

不久又来一人坐下
一声惨叫一片殷红牛皮又涂了一层光彩
牙签扎在肥胖的屁股上

皮椅子闻出了味道
那两个家伙是一家人
两个人放的屁从一个锅里焖出来

2012年5月24日

岛是一只落下的鸟

黑板前老师在讲精卫鸟的故事
哭了
女娲的灵魂
在黑板上画着图案

老师用纸巾擦干眼角的海水
孩子们含泪寻找小树枝小石子
用数学的方法计算如何填平东海

一个孩子问：仇恨比海大吗？
另一个孩子问：小树枝小石子
能填平那么大的海？
老师坚定回答：一切皆有可能！

孩子们茫然看着窗外
那一片湛蓝是比东海还大的南海
水面上，鸟群翻腾着海浪

黑板出现弯弯曲曲的南海地图
几笔形如鸟儿的图案是三沙群岛

这时，教室书声琅琅
师生们的灵魂也飞上了高远的天空
发现炎帝的鸟儿也来过南海

那一座座岛
正是一只只落下的鸟儿

2014年8月23日

流浪狗

小狗再不敢相信人类了
小狗被抛弃的那天太阳当头还下着雨
风吹落了一顶草帽
又送来一阵凄楚的箫声

小狗的腿被门夹断后又被关在门外
那是人类的一扇面无表情的门

小狗拖着断腿站立在跛脚的风里
望着抛弃自己的人走进大雨
雨水梳理着小狗的毛
雨水擦拭着小狗的眼泪

小狗开始在街上流浪
在垃圾堆里吃老鼠的残羹剩饭
那门里面的灯光常常飘来冰凉的雪花

四季交替凄凉接着凄凉
人类的恐吓声硬成石头砸向小狗
小狗多么希望石头之中有一块馒头
垃圾桶吃剩的面包还能留给自己
唉！人类的垃圾桶比人可信

一天，那箫声又咽咽响起来

有一个人醉倒在月下的小巷里
小狗跑过去舔舔他静静地守护着
就是这个人抛弃了小狗

2012年8月21日

笨　牛

青草黄草为老牛唱着歌谣
飘过四季飘过山野
落下黄色的牛粪流出白色的牛奶

牛粪煮开了牛奶
喂大整个草原的婴儿
他们又挥起鞭子惩罚那些倔犟的笨牛

有一头巨大的笨牛
忍受不了皮鞭要走出草原
不知是谁为笨牛洒一路可口的盐水
笨牛边吃青草边向前奔走

沿着盐水的方向越走越渴
后来遇到了大海
笨牛看到海水没日没夜地疯狂牛饮

笨牛轰然倒下
鼓胀的肚子和巨大的奶子突然爆裂
草原下起大雨掺杂白色雨点
喝牛奶长大的孩子们
沐浴在雨里

2012年5月23日

人在泪滴里沉浮

最饱满的一滴眼泪
反复轮回
从古到今从这个人到那个人从此生到彼生

这一滴总是流入嘴角
让人类知道悲哀的味道同海水一样
欢乐仅仅是一条河
而苦难是浩瀚大海不停地翻腾

一个孩子问：人为什么要有眼泪？
妈妈回答：因为悲哀这只小船
要有水把它从心里运出来

孩子又问：小船为什么要驶向大海？
妈妈回答：因为大海最大
只有大海能盛得下苦难

人类的苦难浓缩在一滴眼泪里
大海就是这滴眼泪
在宇宙中闪烁晶莹的泪光
为地球的未来而忧虑

这滴最饱满的眼泪
浸泡着人类
我们每一个人都在这滴眼泪中沉浮

2012年5月29日

不敢做梦

我不敢做梦了
如果是个好梦　醒来会十分遗憾
恨刚才的开门声把我惊醒

我再不敢做梦了
如果是个噩梦　醒来会继续痛苦
恨今夜为何睡觉　醒着梦就不会发生

有一天我在梦里见到一个美丽的女人
尽管我身居斗室却同她撷花露于青山之间
尽管我夜眠床上却同她乘云雨于碧空之上
醒来我再也见不到那个女人了

梦啊让我既欣喜又惆怅　既欢乐又悲伤
让我在两者中间丢失了自己

从那以后每晚睡觉前我都平静呼吸
在朦胧那一刻反复告诫：
梦啊你不要过来千万不要过来
不要骗我不要把我偷走

2013年8月19日

大杯咖啡

夜空是一大杯浓浓的咖啡
几点星光闪烁　几颗糖粒还没融化

我同远方的朋友搅动着夜色
网聊白天发生的事情
不断向夜色撒点咖啡伴侣
这个夜晚荡漾阵阵浓香

睡意在模糊的楼影里随烟缕飘散
几句梦吃道出了人间惊天秘密

我坐到了早晨的椅子上
东方那只朱红小嘴将夜色一饮而尽
天空这把骨瓷杯一片白亮

2012年10月29日

雨伞残骸

世界下着小雨
泥泞的路旁躺着一把雨伞的残骸
伞骨嶙峋伞柄破碎伞布枯烂

伞种植绿荫并且永远晴朗
伞就是佛陀
给人类一种呵护一块干爽一片清凉

在伞如此破败的境遇里
伞布底下还躲了一只小鸟儿
曾用伞遮阳挡雨的人们
有谁还顾及这把破伞

那些人披着雨衣踏着残骸急促跑过
泥水四溅
惊飞了鸟儿和草丛里的青蛙
破伞默默无怨

明天乌云沥泣
有一个老人恭敬地捡起破伞的残骸
把它修好后轻轻弹开
伞在滂沱大雨中是一只船

如是老人说：任何时候不要忘记伞
因为世界会有大雨来临

2012年5月30日

明 天

明天是个假日没有一点真实
明天的蝴蝶正在撒谎
纸做的翅膀带来了一缕青烟
在青烟飘渺处度一个长假

也许今天累了对明天会有许多期盼
太久的翘首变成了一座石像

石像久久伫立等待明天
那个举手遮阳眺远的动作
让看到石像的人都感到疲劳
何况这个手势一举就是千年

人群顺着石像远眺的方向望过去
明天你在哪里？明天一定回来。

一只今天的蝴蝶落到石像的手上
翅膀带来一缕花香
石像脸上流出两滴泪水
一位行者双手合十：今天下雨

明天是个假日没有一点真实
人们在虚幻的花朵里望穿秋水

2013年6月30日

迷失者

强大的森林把那个人笼罩起来
头上是深绿的天脚下是枯叶的地

沙沙脚步声踩出的森林很厚
浓浓树枝缝隙透出的阳光昏暗
恐惧放大了瞳孔
耳朵很难辨别声音源于脚下还是远方

记不得走了几个日夜但不是在路上
森林让自己迷失
在一棵又一棵大树前不断调整脚步
向左向右转弯又转弯

路无数次就在前方
汽车喇叭人群的呼唤离得很近
总以为是个幻觉
于是一次又一次怀疑自己的方向
转弯又转弯最后倒在树下

路边上那个人的一堆白骨
被到林子里撒尿的一个孩子发现了

2012年6月3日

阳光照耀着灰尘

在暗夜里我觉得一片澄清
月光的水把空气冲洗得干干净净

太阳升起来
阳光照耀着尘埃在空中汹涌翻腾
无边无际
正在上演宇宙尘团的景象

我开始寻找哪一颗微粒是太阳
哪一丝灰尘是地球
而我像是宇宙的主宰

我挥一下手
看到弥漫的尘埃旋起漩涡
颗粒正在碰撞
有几个人匆匆走过消失在远方
身后也掀起了尘埃的风暴

尘埃只有在阳光下才能看到
看到密密麻麻的人群在尘团里悬浮着

我在思索我是哪粒微尘
在阳光的照耀下我同人类们微笑握手
全人类生死相同
谁没有生过。谁又能不死。

2012年6月3日

海南岛

捧起一颗椰壳痛饮琼浆
突然发现这颗头颅
装满的海水竟是如此清澈甘美

渔民关于大海的梦想在椰壳里荡漾
椰壳里有一艘小船没有启航

一张椰棕床垫伸着懒腰
阳光把鼾声晒成枯叶
小岛在椰树下的绿阴里漂浮

摇橹的身影渐渐淡出
海风里没有了帆的汗味
螺旋桨绞碎墨鱼涌出大片乌云
在海面上密布

大海下雨了
海洋深处有几尾小鱼儿兴风作浪
惊涛拍击海岸
椰林婆娑树影在地上流淌
一滴海水的呻吟发生了风暴
大海十分干渴躺在海床上翻滚

任大海怎样波澜壮阔

椰壳里的那只小船依然不动

高高的树上

悬挂着无数充满甜蜜梦想的头颅

2013年5月6日于文昌

梦游者

还在梦里
但他已经穿上了裤子走出门外
窗外的月光淅淅沥沥
梦里的雨下得很大

他把电视屏幕里的鹅放出来
挥舞着双臂让鹅飞
梦里的大雁排成人字阵飞过他的头顶

白日繁华的街上做的那个繁华梦
此刻在夜梦里还记得
一杯拉菲干红一饮而尽
唐朝的夜光杯还悬在今夜的天空

他走过一条街然后停在月光里撒尿
亮晶晶的液体沿着花茎流淌
湿透了他的裤子

回到床上继续睡觉直到天亮
起床看到天空东方那盏杯又填满了红酒
他穿着湿裤子走在梦里……

2012年6月13日

不系之舟

这一天　无风无浪船上无人
一只船离开了岸在水中悄悄行驶

船舱里的鱼煎熬得摇头摆尾
几个苹果四处滚动
油灯里的人影东倒西歪酒气熏天

船在水中寻找船夫的女人
船夫还在岸上
叼着烟看着网里的鱼

粗犷的咳嗽声牵着船走
船用缆绳拴住了水中的月亮

船夫的女人下水时把衣脱在岸上
渴望让海水涌入透明的躯体
让小鱼吮吸自己的乳头

大海为了迎接船夫的女人而涨潮
潮水中女人发出呻吟
天空传来鱼叫
船上空空只有一顶草帽

船在大海里变成了一条银色小鱼
小鱼欢畅地游进女人的体内

2012年6月12日

恩人蟑螂

一个女人操持着家务维护家园
晚上给丈夫炖了一锅鸡汤
又给老鼠在一根油条里面下了毒药

油条的金光照耀着老鼠
让老鼠中毒了
老鼠感到天昏地暗
沿着女人的气息爬行
挣扎着把那根没吃完的油条叼进鸡汤

丈夫回来了小狗大黄摇着尾巴
鸡汤的香气飘出十里
垂涎欲滴的路人都想回家

女人端上鸡汤发出惊叫
一只硕大的死蟑螂浮在鸡汤中央

夫妻二人咽着口水
只好把鸡汤喂给小狗大黄
突然狗血四溅狗毛腾起一片黄色尘埃
小狗大黄死在老鼠身旁

夫妻二人望着三具尸体惊恐万分
女人把蟑螂放于桌上
男人心中默默哀悼：安息吧！恩人蟑螂。

2012年6月16日

天 空

我站在大地上把天空高高举起
高举着这面蓝色旗帜纵情挥舞
旗帜上的太阳和月亮随风激荡

在这面旗帜下面
我的脑海里扬起点点白帆
太阳从脑海的东方升起
同时月亮在脑海的西面落下
海浪让我打了一个喷嚏之后开怀大笑

在这面旗帜下面
柔软的蚯蚓在泥土中游泳
蜻蜓在云朵的莲苞上亭亭玉立
雨水把土地染成了绿色
阳光把田野洗得金黄

我放眼旗帜下面的人群
他们老了才懂得年轻人的事情
他们当中有美丽的女人
绿色的衣襟生长荷叶
荷叶飘荡着迷人的香气

我发现女人就是我至高无上的天空
覆盖着我让我迷失在女人体内

我曾经从那里走来
如同那句话从我的心底出发
来到嘴边留香
又走入女人的心底生根

我高举着这面旗帜豪情万丈
这面乘着浩宇气旋猎猎舞动的大旗啊
就是这湛蓝的天空
此刻寰宇万象内外明澈
天空在高高飘扬

2009年11月22日写

2013年7月25日改

粽　子

一片苇叶包着一卷故事
米中有一丸蛋黄
河里有一尾弯月
盛世灯下想念战国时代的屈原

慢慢拨开苇叶
屈束的米团展开了一片稻田
米香飘飘
飘出水声眼前飘浮着一条汨罗江

满江是屈原的泪水
江面上的龙舟嬉闹着一决雌雄
江边的人们微笑吃着粽子
这些粽子本该喂鱼

2012年6月23日，农历五月初五

竹 篮

一个白发都飘尽的老人苟延残喘
在病榻上重复着说一句话
人们耳边蝇蚊声环绕

没有人能听清楚说的是什么
那句话悬在屋檐上是一只竹篮

儿子们俯身细细聆听
起身后嗡嗡的声音四处飞蹿
于是开始猜测：
父亲还有什么件心事放心不下

孙子们用手机录下那句话
播放时一群蝇蚁乱成一团
他们断定爷爷说的是杀死害虫的秘方

重孙子走到病床前
顺着一只颤颤巍巍的手指看去
空空的竹篮在风中摇摆

在这个雕梁画栋的老宅子里
老人全靠说一句话活着
这句话嘟嘟囔囔在空中一直盘旋

2012年7月4日

路是一条绳索

路不让人用脑
只管沿着路的指引不停地走下去

不用顾及方向
路的那一端就是要去的地方
初期几个人这样走
后来一群人
再后来万众前赴后继唰唰地这样走

有一些人掉了队
仍然哭着喊着爬着跟随着人流奔涌
可路比人走得更快

人流汹涌了几十年又几十年
在路上迷失了方向
路是一条绳索把每个人串起来捆住
谁也别想离开这条路

有人发现方向根本就不在路上
停住脚步坐在路边的树荫里
等待着天空的北极星光

2012年6月20日

什么样的人是诗人

我从来不敢自称我是诗人
我只是一个把汉字断成一截一截的人
有时还断不准确

汉字在我手上爬行
一个"行"字被我断开写成"彳"与"亍"
于是我走走停停犹疑不定
在汉字中迷失过方向

我离诗人的距离还很遥远
我踏着汉字的瓷砖
寻着李白的酒香走向杜甫墓陵

我的血液本来鲜红
不需要红旗辉映和太阳的照耀
我的幸福就是苟延残喘
等到鲜血流尽染红了大地的高粱
我这个空皮囊才会飘向天空

我渴望做 一个诗人
渴望真实、高尚而豪迈
渴望在田野里自由地放牧纯净的风
放牧青青芳草和洁白的羊群
也放牧自己

在这个到处布满围栏的牧场上
诗人是个孩子但又长满胡茬
诗人是泡屎但又飘着花香
诗人是个烈士但又活着

诗人是一个纯粹的人
一个纯粹得不需要任何添加的人
自然也不需要添加诗的成分

2013年4月23日于深圳

风烛夜

风摇动烛火屋子里的影子一直晃动
在灯泡高悬的夜晚
有人关掉电源然后点燃一根蜡烛

不想听灯泡咯咯地笑
只想看蜡烛流泪的凄楚小模样
是李清照或者是林黛玉
娇弱的影子飘出满屋的雨后花香

的确有雨在窗外悲泣
这个凄凉的夜
烛光下的人影用一纸情书去喂蜡烛
从纸灰的余烬里跑出几只蟑螂

远处灯泡笑得僵硬影子已经休克
蜡烛生动地放射古老的光
窗缝不断吹进最新鲜的风
烛火摇曳不定

天亮时有个人影在屋子里晃动
突然低头"呼"的一声吹灭了蜡烛
角落里传出蟑螂爬行的足音

2012年6月17日

无树之影

风在枝头呼喊　惊落了一地树影
树影在地面上画满水墨山乡

月光是影子的洞穴
十五月圆是影子的而立之夜
影子倾巢出动在大街小巷四处游荡

一群蚂蚁在树影里寻找饭粒
两只猫在树影里交配
月下二胡里有一只老狗在呜咽哀鸣
一支手电筒正阴谋地蚕食月光

树叶颤抖着落下来变成影子
影子越积越厚月亮越来越明亮
突然有人寻找：那棵树在何方？

只见树影　那棵树在何方？
那棵树在何方啊！
没有树的树影却一直飘扬在大地上

2013年12月12日

纸飞机

有人一挥手用了一个抛弃的动作
一架纸叠的飞机启航了
飞过树梢飞过房顶
在人头攒动的上空无声地盘旋

一张女孩的脸刚刚流过泪水
又有一个影子掠过
女孩望着纸飞机飞向一座大楼
心中一惊
那张纸上一定写了什么

风吹来纸飞机晃晃悠悠
飞进一个窗口落在一盆水仙花上

回到家里女孩发现了那只纸飞机
慢慢展开
纸上写着一行小字
女孩读后泪如雨下浇灌着水仙花

泪滴惊飞了花瓣上的一只蜜蜂
小翅膀振动着飞越千山万水
女孩把那张纸一点点撕碎
一挥手也用了一个抛弃的动作
一群小蜜蜂漫天飞舞

2012年7月3日

一个斗笠遮面的摆渡人

古老莲叶上荡漾一个水乡
一支长篙撑船
摆渡人用一枚竹针缝合两岸

河东的女人到河西生子
河西的南瓜子在河东嘴里飘香
一江夜话跳出几声蛙鸣
睡莲的鼾声飘来月光

两岸的青山在水里行走
两岸的欢声笑语来来往往
两岸的人死了躺在竹筏上漂流

摆渡人一声呼唤：开船啦!
长篙一撑小船射向河心
两岸的人在一条船上踏云而行

谁也不知道小船从何处飘来
在河面上渡了多少年?
谁也没见过摆渡人的脸
斗笠遮面如同云中的半轮月亮

小船听着雨声而眠
小船上的人们

忘了自己是住在东岸还是西岸

几炷香火在寂静中吵闹

提醒船上的人岸已经不远

2012年9月13日

纯米吟酿

空酒瓶向耳孔吹出持续不绝的呜咽
城里散发着浓烈的米香

稻米在水中吟唱
唱着唱着唱出一溪潺潺清酒
饮酒的人群在街巷里四处流淌

翻阅稻田的影集
一页碧绿一页金黄又一页空旷
稻田干涸传出焦渴的蛙鸣
辉映天空的碧水浓缩一壶琼浆
胃囊塞满了云絮
饱嗝里飘动着月光

霓虹灯下的酒瓶已经枯竭
清酒在醉生梦死的血液中吟唱

此刻老子坐在河那边的一块石上
捻须静观古代的河水流入今天
流进酒瓶流出一段九曲回肠

酒瓶上贴一张"上善如水"的标签
上善如水啊！
上善如水的瓶子空空荡荡
有人说这也是一种哲学思想

2012年10月2日

一个小市民的9月2日

突然传来钟声！不知道钟在哪里?
也不知道这钟声在呼喊什么?

这钟声让我想起美国的海明威
曾经说过：丧钟为谁而鸣?
钟声里几颗沙粒唱着歌钻进我的眼角
校园里的旗帜慢慢升起

今天孩子们开学了
熙熙攘攘的声音一下子停止了
广场上人群抬头注视着空中一只黑鸟
人们都听到了悠扬的钟声

教堂寺庙里的钟锈迹斑斑
钟楼里的钟因为时间不准已经残破
此刻钟声从哪里飞来?
把天空的阳光敲得颤颤巍巍轰然作响

钟声响过之后这座城市一片寂静
我什么都听不到了
只感觉到我的心脏正在怦怦地跳动

2013年9月2日

一个小市民的9月5日

鞋柜里发出奇怪的声音
我悄悄打开一看有一双皮鞋已经腐朽
散发着臭气身上还长出了白毛

拎出这双皮鞋
房门突然开了一条小缝
一股风从门缝挤进来带着嘈杂的喧嚣
走廊里有人来回走动

想起来了：我曾穿着这双皮鞋参加游行
穿着这双皮鞋为人送葬
穿着这双皮鞋杀死一头母牛

我把这双皮鞋藏在鞋柜里
但还是在奔走啊一走又是四十年

今天我把这双皮鞋装进了垃圾袋
准备送到一辆密封车上
再投进炉火
让这双皮鞋飘飘袅袅走向远方

走廊传来急促的脚步声我慌忙关门
转身又从垃圾袋里拿出这双皮鞋

我一边警觉地关注着门外
一边仔细地给这双皮鞋擦灰上油
中午到了走廊渐渐安静
太阳照耀这双皮鞋发出幽暗的光芒

2013年9月5日

一个小市民的9月6日

昨天擦亮的那双皮鞋今天还在嚎叫
而且叫声里闪烁光芒

夜里那双皮鞋在我的梦里荡起小船
一条鞋带变成了一条铁锚
那双皮鞋无法启航
鞋底沾满了牛血
给我的梦印上了几朵粉红色的海棠

一夜的梦让我疲倦
早晨醒来我还是丢掉了那双皮鞋
丢掉了一双被我擦亮的皮鞋
丢掉了一双无路也在行走的皮鞋

半小时后我在电梯里
看到那双皮鞋穿在一个人的脚上
鞋带排出整齐的牙齿对着我嘻嘻笑笑

我疾速跑回房间慌忙闩牢门栓
我怕那双皮鞋追来将我的房门一脚踹开

2013年9月6日

一个小市民的9月7日

我真想去放羊
那里的草原上有鲜嫩的空气
有清柔的溪水有一望无际的芳草

更让我痴迷的是羊群荡漾着温婉的目光
还有那深情细润的咩咩声

我真想去放羊
那柔顺的羊群在草原上慢慢移动
在我心里飘舞柔柔的雪
即使到了冬天我也感到温暖
即使做了衰老的苏武
我也会欣然让柔柔的风吹拂一头白发

白色的羊群啊让我活在柔情里
我在缠绵的镜子里观察我的鬓角
我一直在寻找那个牧场

楼房纵横的缝隙生长几丛绿草
可羊群不会来
只有汽车隆隆来回穿梭吓跑了一群鸟
我遥望蓝天移动的朵朵白云
暗自深深叹息一声：
我真想去放羊！

2013年9月7日

一个小市民的9月11日

我从房子里走出来
一个小女孩躲在一扇大门的后面
高喊一声：我藏好了！
开满蓝花的小裙子从门后飘出

我假装没看见心事重重到处寻找
许久。小女孩忍耐不住了
又在高喊：我在这里！

我抬头看看天空：云把雨藏了起来
后来暴露了　大雨瓢泼

许多人都躲到屋檐下躲在衣服里
大街上冷冷清清
小女孩得意地喊：你找不到我！
那扇大门被风推得吱吱作响

我望着门后飘出的裙角
那里藏了一个美丽的小阴谋
躲藏让人觉得任何角落都很辽阔

2013年9月11日

一个小市民的9月13日

我的那副眼镜丢失了
害得我摸摸索索迈不开脚步

慢慢行走如临大雾
这一刻走廊里的菊花正在微微喘息
这一刻有一扇门咳嗽了一声
这一刻街上有车相撞

我想躲闪却找不到方向
只好站立墙边一副若无其事的样子
面对这个若无其事的世界
傻笑

当务之急是要找到那副眼镜
我一直在想：
如果我戴上那副眼镜再去寻找
清晰可见肯定能够找到

世界越来越神秘莫测
在我还没戴上那副眼镜之前
很难找到那副眼镜
那副眼镜能让我看清世界真相

2013年9月13日

一个小市民的9月19日

八月十五我遇到好多熟人
首先见面的是那轮又圆又大的月亮

接着是我的母亲
给我做了一锅米粥用了一瓢的月光
再接着是我爱的女人
她解开纽扣给了我满怀的月光
后来又遇到了几个朋友
同欢共饮一杯又一杯的月光
最后遇到了我的影子
我大醉碰倒了酒瓶洒了一地的月光

月光里我听见了落花
月光里我听见了青竹疏影
月光里崇山峻岭正策马奔驰
月光里顺风快递的月饼顺风飘香

这样一个圆满的夜晚
为什么要把一个圆满咬得残缺
为什么只守在自己的庭院里沐浴月光

人们都说今天是一个家庭的节日
月亮才升得又圆又大
我在月光无际中感到空空荡荡

2013年9月19日

一个小市民的9月20日

昨夜我守住天空
就想看一眼比月饼还甜的月亮

月亮初升我伴月光在高楼缝隙间流淌
月亮成了一只风铃挂上楼角
风的声音原来如此清凉
我却没有看到月亮

月到中天我看到树荫比夜色更浓
月亮在一棵大树上悄然做巢
那些星星不愿归巢栖息
我同样没有看到月亮

月已西偏我倚窗遥望头顶那片牧场
风放牧的云朵围着月亮取暖
天空一下子变得十分拥挤
我还是没有看到月亮

黎明时刻我看到辉煌的一轮冉冉升起
我找到了一个心胸宽广的地方
在那里我却看到了月亮

2013年9月20日

一个小市民的9月22日

一场风暴就要来了
我小心翼翼地撑开一把黑伞
一股蓬勃的力量拉着我向天空升去

我松开双手为了我的双脚落地
为了黑伞能够变成一只大鸟
为了让雨水把我彻底淋透
为了看天空翻腾的海浪

大海已经渴得焦灼躺在岩床上呻吟
因为海水很咸所以发动了这场风暴
天空旋起一眼巨大的泉水
浇灌下来
海浪喧哗大树也熙熙攘攘

空中的黑伞突然不见踪影
我正在四处寻觅
我父亲来到我身后说：我找回来了
这把伞我用了一辈子

父亲在雨中把黑伞抱在怀里
我微笑看一眼那片灯火
我的伞？是那个充满宁静的房间。

2013年9月22日

一个小市民的9月29日

这一天我在澳门赌场里如一匹马儿奔跑
豪华的玻璃窗上映出我飘扬的鬃毛

我的眼瞳由黝黑转向幽绿
我玩押大押小
押了10元我赢了
押了100元我赢了
押了1000元我又赢了
我的眼瞳又从幽绿渐渐变得血红
我押了10000元还是我赢了

我疯狂了我将拥有整个世界
我押上了100000万元
我心中波涛汹涌而表情异常平静
等待开局！等待开局……
哇！我……

我把自己全部押上去了
身边输光找把远方押上去了
明天不够赌债我把后天押上去了
最后我一声嘶鸣叫碎了一块雕花玻璃

我垂头丧气走出赌场听到有人唤我
蓦然回首看那灯火阑珊之处
我明白了谁是幕后庄家

2013年9月29日于澳门

三　乡

人居三乡如狡兔三窟
行走千里总有一歇　一歇为一乡
三乡之后一生圆满

一乡是家乡　家乡很亲
寒风中一床棉被暖暖如春
另一乡是故乡　故乡很老
青花瓷饭碗留下了浅浅划痕
还有一乡是梦乡　梦乡很甜
青翠的甘蔗林里细细体味女人

匆匆行于三乡的人啊
停步弯月的小桥　望行云的流水
享受风和日丽

家乡难舍　故乡难离　梦乡难忘
如画如诗的三乡令人如醉如痴

2013年11月9日于中山市三乡镇历铭居

老 黄

老黄，这条小鱼儿退出了大海
叹一口气！身上的鳞片脱落下来
落在岩石上叮当作响

水里的食物时刻包藏着鱼钩
危机汹涌
大海到处都有铁器
现在小鱼儿可从放心地进食了

退出大海。不久鱼鳍进化成了翅膀
小鱼儿变成了一只小鸟儿
这时的天空比海洋宽阔　自由长出了羽毛

夜晚。又细又弯的月牙出来了
天空的阴谋闪闪发光
小鸟儿突然瑟瑟颤抖　藏入树丛
而老黄，不想做小鱼儿又不想做小鸟儿
只想做老黄

2013年11月23日

日本有个福岛

有人告诉老子：日本有个福岛
那里一只猫自焚点燃盛大灯火
那里的黑也自焚换取一个白昼

老子骑着毛驴踏响星星那堆碎石
指捻胡须轻吟：福兮祸所伏

果然没出几日　福岛变成祸岛
一个小黄孩蹬开被子
太阳锻造的光芒锈痕斑斑
月亮割开夜幕泻出天光

剧毒天光发出猫的漆黑惨叫
一群蝴蝶的基因开始突变
在福岛上入梦
一梦来到海枯石烂的鲜艳一刻！

2012年2月12日

花开有声

平时这座城市夜空的黑土地
生长一丛丛星星一大朵月亮
它们在静悄悄开放

今晚这座城市夜空的黑土地
千朵万朵烟花
呼喊着以隆隆雷声的阵容盛开
流光溢彩涌动银河
火树金花开满天庭

整个夜空都在庆典
一片光明一片欢腾

烟花在忘我地怒放
在前仆后继地盛开
一个辉煌的刹那之后就是一个纷纷扬扬
纸屑翻飞落下
落下一地缤纷多彩的蝴蝶

烟花的烟雾慢慢落霞漫漫飘香
留给人间动听的缕缕菊黄
菊开金秋
开出大地的一个甲子年的丰盛

夜空每绽放一朵烟花
大地人群就惊呼一声
声音让人类这朵鲜花
开放得更加壮丽
花有两种
一种沉默着开一种呼喊着开
开后有合
开终有谢
都是瞬间始终刹那

今晚夜空　烟花擎天既高且美
开出几次高潮
开出几番美丽
夜空幻化万紫千红
花开瞬间找到了无常
花开刹那寻不到永恒

盛开的庆典结束了
人群散去路上哼着《桔梗谣》
　"只要挖出一两棵哟
就可以满满地装上一大筐……"

庆典过后大地一片祥和
人类梦中微笑祈祷百花盛开
只有那枝接受过检阅的钢铁花朵
不要开放不要欢腾

天空烟花的烟雾飘淡　淡成记忆
地面烟花的碎屑铺地　铺成往事
欢腾一瞬间
花开一刹那
这座城市又恢复了一片宁静

2009年10月1日

住大房

房客推开那扇豪门走进大房
宽阔的厅里激荡起大野的回声
声浪此起彼伏
呈现出一派钱塘观潮的壮涌

有沙砾的碎言
有石头的谑语
有塑料的梦呓
有金属的尖叫
有电流奔涌的呼喊
有森林倒塌的轰鸣
有棉花软绵绵的叹息
有水泥黏糊糊的痰声

纷纷扰扰
那些有生命的没生命的声音
整齐地走进这个大房
又齐声诉怨

房客置身海南黄花梨木的摇椅上
听这千层声浪
喝一壶陈年普洱茶
也觉得满怀苦难

房客不忍倾听
原本想住大房寻找人间妙音
潺潺竹声月影溪水
幽幽鸟歌花语蛙鸣
大房住满了声音
却不是这些潺潺幽幽
此时房客也看不见这些妙音的笑容

房客倦极了
在摇椅上摇摇入幻
望着落地玻璃窗
幻想自己是一只瓶中白鹅

瓶中拘囿无所不在
房客在瓶中只能望空兴叹
鹅出不了瓶
瓶放不出鹅

疑幻疑真中
房客只能在瓶中制造伤口
让血液在瓶中流淌
淌出一个海
鹅以瓶为四海
鹅以四海为家
……

房客渐渐从幻境中醒来环顾大房

觉得再好的大房
也养不好自己的伤口

房客望着玻璃窗
幻中瓶境又一次浮现
发现这暖洋洋的大房里
有氡气暗中袭来
有白墙剥落下来片片雪花
有路居者冷冷的目光穿壁入房
房客感到了寒冷

房客披上了在路途中奔走时穿的大衣
突然一笑
自己走了一生
没有逃出一间房子

房客困了要躺下
看到这苍苍大房集于方方一床
一叶方床是一叶小舟
把自己载入绿绿梦乡

那一日房客醒来时
知道了大房的房间叫瞬间
瞬间一住
小憩刹那
昨天住过　大房已不存在
明天没住　大房也不存在

人住大房
只能住一间瞬间

房客起床往离大房
推开豪门走进大野走进大好境界
房客有个愿望已定
壮游山河
天地为房

大野里大房在冷风中耸立
大房的豪门之上有匾四字：
真空妙有

2009年8月27日

黑　壶

一、古静

古树上结着一张蛛网
灰尘落上弹出嗡嗡的声音

蛛网某一端连结一只黑壶
黑壶正在坐禅

地震爆发之前
有风从壶嘴上吹过
整个大野充满了石头低泣的声音
水滴悄悄落入壶里

二、癖

黑壶壁上闪耀一抹古老的光辉
梦者言称
月亮
正在壶里荡来荡去

梦者细细抚摸黑壶
喝一口壶水才能入睡
夜夜如此

梦者喝水一定要喝黑壶里的水

有一夜黑壶大旱
梦者听着河声渴得几番昏厥
后来露水在壶里聚集
梦者醒来
倒了半杯壶水喝下
夜声立刻退得遥远

三、大雨如注

太阳底下
黑壶的影子在大地上慢慢移动

女孩在自己的影子上走
走了一个下午
在转弯处女孩看到了黑壶
壶的造型极有魅力
使女孩想洗澡
想在极静里听破裂的声音

黄昏时刻
壶里逃出一只白蚁
白蚁沿着壶壁的一线光束爬到女孩身上
女孩解扣
落地长裙里有鳞片叮当作响

白蚁在女孩的乳房上停留片刻
然后爬到耳垂透明处说
大雨将落

不久
闪电从壶里挣脱
女孩柔媚的皮肤光芒四射
雨潇潇洒洒

女孩在天空下淋浴
为接雨水长时间赤裸站着
手心向上
雨水柔柔和和地洗着女孩的掌纹

四、穴

有一条河突然失踪
乡民们惶惑
只好坐在河床卵石上望着天空寻找丢失的河

许久许久天空的跋涉者们发现
河水被黑壶吸干
要喝水
就去找黑壶

五、煮药

有人用火柴梗扒拉耳洞
偶尔捅出一个小小的伤口
结果死了
患者以此为鉴
活得小心翼翼
生日那天多吃了一只鸡蛋
竟然病入膏肓

在病中患者惋惜
平时活得太静
四十多岁的肉体从来没有接触过音乐

夜里患者闻到药香从三十里外飘来
天亮让儿子去取

古树下黑壶在煮一副治马疾的药
药水翻滚
壶嘴传出马啸声
儿子却在一片宁静中
将马药交给父亲

患者服药后逢人便讲
在梦里骑马走遍了天下登上了珠穆朗玛
同时还发现
嘴里飘不断马蹄踏花的芳香

患者从此
病愈康健

六、裂纹，地震的前兆

黑壶在等待某一事件发生
等得天昏地暗
在氤氲之际一个女人香喷喷的呼吸
从泥土里徐徐升起

壶水开始荡漾
有四五滴水珠激情澎湃
溅出壶外
落地生花

空气温度突然上升
壶壁有液体渗出
大地上所有的人都在出汗
他们都知道地球中心的那条燃烧的河流
不可抗拒

黑壶出现躁动
气体从壶嘴汹涌喷出
天空云层加厚

这时有人走来

只手触摸黑壶
发现壶壁上有一条裂纹然后全身发冷
此人无语
站起身来垂下了头

1985年6月4日

假　眼

一、眼睛是只动物

凝视一片黑树叶
许久
许久
眼睛说累了是因为活着

黑树叶燃烧时
一只小狗领瞎子顺利转过一个楼角

二、红沙粒

一位老者平静地砸核桃吃
石头之声
敲击沙漠
沙漠有门

门内
哑女静卧
光洁的胴体一直在唱歌
有一种气息从门缝飘然而出
天空倾刻落雪
沙漠开始阵阵发冷

然后扭动

老者平静地砸核桃
石头溅出火星
落于沙中
老者突然全身寒栗
望着身边的一盆水平平静静地死去

雪开始融化
沙漠里跳出一颗红沙粒发出怪叫

三、空洞

眼眶里空空洞洞
却充满了大漠之声

偶尔也有一两声动物的嚎叫
在洞里回荡
使受难人记起
空洞里曾有一只眼球在旋转

星期日
那只眼球从窗口看日升日落
突然遭到袭击
先是流泪
接着流血

最后流黑液体总也流不完
那只眼球陨落了
空洞就这样形成

在空洞里
受难人听到有声音在说
击毙你眼球的
是沙漠里一颗能怪叫的红沙粒

四、假眼之叹

　　星期三，眼疾治疗小组决定为那个空洞镶上一只假眼。假
眼是用塑料制成。

在一张男性充满欲望的面孔上
有一只真眼
有一只假眼

真眼在旋转
但必须回避太阳
有时回避朋友
还得不情愿地回避女人

假眼不动
只盯一个地方
并且为女人发光

在夜深时分对着宇宙巨大的空洞
假眼也常常叹息

五、痛苦的表达方式

全城人都梦见大海已经结冰
痛苦就由此开始

人群回忆过去
一个孩子说他的祖父曾是有翅膀的
人群闻声抬头仰望
海草从天空飘落

有一位大亲人辞世
哭声开始出现
眼睛纷纷流泪

受难人手里转动两只发亮的核桃
面对一碗水
平静坐着
眼泪却在心脏里翻滚

不久受难人把假眼摘下
放在碗里的清水中浸泡
水慢慢变热
那张又凸出空洞的脸上没有一丝泪痕

哭声在他那空洞里消失

六、猫

受难人睡觉时把假眼摘下放于桌上碗中
假眼在声声叹息

有一只猫从某个军火库里走来
悄悄潜入房内
整个夜飘散着假眼塑料的气味
猫被陶醉

猫轻柔地抚弄假眼
天渐渐亮了
飘落在猫身上的雪居然不化

猫走了
猫爪上沾的炸药却涂在假眼上面
谁也没有发现

七、爆炸

早晨受难人重新把假眼填入空洞
没有来得及注意梦中下的雪
就把门推开

受难人在路上与人斗气一次次痛苦
血液不断升温
假眼突然爆炸

一声巨响之后
空气里一片死寂
从天空又传来石头撞击的砸核桃声

1986年3月9日